사랑하라

한번도 상처받지 않은 것처럼

사랑하라

한번도 상처받지 않은 것처럼

류시화 엮음

오래된미래

# 차례

살아 있는 것들을 보라.

사랑하라.

놓지 마라.

----

더글러스 던

서문을 대신해. 엮은이 류시화

# 초대

당신이 생존을 위해 무엇을 하는가는
내게 중요하지 않다.
당신이 무엇 때문에 고민하고 있고,
자신의 가슴이 원하는 것을 이루기 위해
어떤 꿈을 간직하고 있는가 나는 알고 싶다.

당신이 몇 살인가는 내게 중요하지 않다.
나는 다만 당신이 사랑을 위해
진정으로 살아 있기 위해
주위로부터 비난받는 것을
두려워하지 않을 자신이 있는가 알고 싶다.

어떤 행성 주위를 당신이 돌고 있는가는 중요하지 않다.
당신이 슬픔의 중심에 가닿은 적이 있는가
삶으로부터 배반당한 경험이 있는가
그래서 잔뜩 움츠러든 적이 있는가
또한 앞으로 받을 더 많은 상처 때문에
마음을 닫은 적이 있는가 알고 싶다.

나의 것이든 당신 자신의 것이든

당신이 기쁨과 함께할 수 있는가 나는 알고 싶다.
미친 듯이 춤출 수 있고, 그 환희로
손가락 끝과 발가락 끝까지 채울 수 있는가
당신 자신이나 나에게 조심하라고, 현실적이 되라고,
인간의 품위를 잃지 말라고
주의를 주지 않고서 그렇게 할 수 있는가.

당신의 이야기가 진실인가 아닌가는 중요하지 않다.
당신이 다른 사람들을 실망시키는 한이 있더라도
자기 자신에게는 진실할 수 있는가
배신했다는 주위의 비난을 견디더라도
자신의 영혼을 배신하지 않을 수 있는가 알고 싶다.

어떤 것이 예쁘지 않더라도 당신이
그것의 아름다움을 볼 수 있는가
그것이 거기에 존재한다는 사실에서
더 큰 의미를 발견할 수 있는가 나는 알고 싶다.

당신이 누구를 알고 있고 어떻게 이곳까지 왔는가는
내게 중요하지 않다.

다만 당신이 슬픔과 절망의 밤을 지샌 뒤
지치고 뼛속까지 멍든 밤이 지난 뒤
자리를 떨치고 일어날 수 있는가 알고 싶다.

나와 함께 불길의 한가운데 서 있어도
위축되지 않을 수 있는가
모든 것이 떨어져 나가더라도
내면으로부터 무엇이 당신의 삶을 지탱하고 있는가

그리고 당신이 자기 자신과 홀로 있을 수 있는가
고독한 순간에 자신과 함께 있는 것을
진정으로 좋아할 수 있는가 알고 싶다.

—

오리아 마운틴 드리머

# 여인숙

인간이라는 존재는 여인숙과 같다.
매일 아침 새로운 손님이 도착한다.

기쁨, 절망, 슬픔
그리고 약간의 순간적인 깨달음 등이
예기치 않은 방문객처럼 찾아온다.

그 모두를 환영하고 맞아들이라.
설령 그들이 슬픔의 군중이어서
그대의 집을 난폭하게 쓸어가 버리고
가구들을 몽땅 내가더라도.

그렇다 해도 각각의 손님을 존중하라.
그들은 어떤 새로운 기쁨을 주기 위해
그대를 청소하는 것인지도 모르니까.

어두운 생각, 부끄러움, 후회
그들을 문에서 웃으며 맞으라.
그리고 그들을 집 안으로 초대하라.
누가 들어오든 감사하게 여기라.

모든 손님은 저 멀리에서 보낸
안내자들이니까.

잘랄루딘 루미

# 생의 계단

모든 꽃이 시들듯이
청춘이 나이에 굴복하듯이
생의 모든 과정과 지혜와 깨달음도
그때그때 피었다 지는 꽃처럼
영원하진 않으리.
삶이 부르는 소리를 들을 때마다 마음은
슬퍼하지 않고 새로운 문으로 걸어갈 수 있도록
이별과 재출발의 각오를 해야만 한다.
무릇 모든 시작에는
신비한 힘이 깃들어 있어
그것이 우리를 지키고 살아가는 데 도움을 준다.
우리는 공간들을 하나씩 지나가야 한다.
어느 장소에서도 고향에서와 같은 집착을 가져선 안 된다.
우주의 정신은 우리를 붙잡아 두거나 구속하지 않고
우리를 한 단계씩 높이며 넓히려 한다.
여행을 떠날 각오가 되어 있는 자만이
자기를 묶고 있는 속박에서 벗어나리라.
그러면 임종의 순간에도 여전히 새로운 공간을 향해
즐겁게 출발하리라.
우리를 부르는 생의 외침은 결코

그치는 일이 없으리라.
그러면 좋아, 마음이여
작별을 고하고 건강하여라.

헤르만 헤세. 〈유리알 유희〉에서

# 사랑하라, 한번도 상처받지 않은 것처럼

춤추라, 아무도 바라보고 있지 않은 것처럼.

사랑하라, 한번도 상처받지 않은 것처럼.

노래하라, 아무도 듣고 있지 않은 것처럼.

일하라, 돈이 필요하지 않은 것처럼.

살라, 오늘이 마지막 날인 것처럼.

알프레드 디 수자

# 슬픔의 돌

슬픔은 주머니 속 깊이 넣어 둔 뾰족한 돌멩이와 같다.
날카로운 모서리 때문에
당신은 이따금 그것을 꺼내 보게 될 것이다.
비록 자신이 원치 않을 때라도.

때로 그것이 너무 무거워 주머니에 넣고 다니기 힘들 때는
가까운 친구에게 잠시 맡기기도 할 것이다.
시간이 지날수록 주머니에서
그 돌멩이를 꺼내는 것이 더 쉬워지리라.
전처럼 무겁지도 않으리라.

이제 당신은 그것을 다른 사람들에게,
때로는 낯선 사람에게까지 보여 줄 수 있을 것이다.
그리고 어느 날 당신은 돌멩이를 꺼내 보고 놀라게 되리라.
그것이 더 이상 상처를 주지 않는다는 걸 알고.
왜냐하면 시간이 지나면서 당신의 손길과 눈물로
그 모서리가 둥글어졌을 테니까.

작자 미상

# 기도

위험으로부터 벗어나게 해달라고 기도하지 말고
위험에 처해도 두려워하지 않게 해달라고 기도하게 하소서.
고통을 멎게 해달라고 기도하지 말고
고통을 이겨 낼 가슴을 달라고 기도하게 하소서.
생의 싸움터에서 함께 싸울
동료를 보내 달라고 기도하는 대신
스스로의 힘을 갖게 해달라고 기도하게 하소서.
두려움 속에서 구원을 갈망하기보다는
스스로 자유를 찾을 인내심을 달라고 기도하게 하소서.
내 자신의 성공에서만 신의 자비를 느끼는
겁쟁이가 되지 않도록 하시고
나의 실패에서도 신의 손길을 느끼게 하소서.

라빈드라나트 타고르

# 삶을 위한 지침

다른 사람들이 기대하는 것보다 더 많이, 그리고
진심으로 기뻐하며 주라.
자신이 가장 좋아하는 시를 외우라.
들리는 모든 것을 믿지는 말라.
때로 자신이 갖고 있는 모든 것을 써버려라, 아니면
실컷 잠을 자라.

첫눈에 반하는 사랑을 믿으라.
다른 사람의 꿈을 절대로 비웃지 말라,
꿈이 없는 사람은 가난한 사람이니까.
사랑은 깊고 열정적으로 하라. 상처받을 수도 있지만,
그것만이 완전한 삶을 사는 유일한 길이다.

위대한 사랑과 위대한 성취는
엄청난 위험을 동반한다는 사실을 기억하라.
실패하더라도, 그것을 통해 배움을 얻는 일에까지
실패하지는 말라.

때로는 침묵이 가장 좋은 해답이 될 수 있음을 기억하라.
변화하는 데 인색하지 말라. 그러나

자신의 가치관을 지키라.
무엇보다 바람직하고 존경할 만한 삶을 살라.
늙어서 자신의 생을 돌아볼 때
또다시 그것을 살게 될 테니까.

신을 믿으라, 하지만 차는 잠그고 다니라.
숨은 뜻을 알아차리라.
당신의 지식을 남과 나누라,
그것이 영원한 삶을 얻는 길이므로.
기도하라, 헤아릴 수 없이 많은 힘이 거기에 있다.

자신이 실수한 것을 깨닫는 순간, 즉시 바로잡으라.
즐겁게 대화를 나눌 수 있는 사람과 결혼하라,
늙으면 그것이 아주 중요해질 테니까.
하지만 가끔 혼자 있는 시간을 가지라.

일 년에 한 번은, 전에 전혀 가보지 않았던 곳을 찾아가라.
돈을 많이 벌었다면
살아 있을 때 다른 사람을 돕는 데 쓰라,
그것이 부가 가져다주는 가장 큰 만족이다.

자신이 원하는 걸 얻지 못하는 것이 때로는
큰 행운일 수 있다는 점을 기억하라.

규칙을 배우고 나서, 그중 몇 가지를 위반하라.
무엇을 얻기 위해 무엇을 포기했는가를
자신의 성공을 평가하는 기준으로 삼으라.
자신의 성격이 곧 자신의 운명임을 기억하라.

작자 미상. 처음에는 〈행운을 가져다주는 네팔 탄트라 토템〉 또는
〈달라이 라마의 만트라〉라는 제목으로 알려진 시

# 그때 왜

저 사람은 거짓말을 너무 좋아해,
저 사람과는 결별해야겠어,
하고 결심했을 때
그때 왜,
나의 수많은 거짓말했던 모습들이 떠오르지 않았지?

저 사람은 남을 너무 미워해,
저 사람과는 헤어져야겠어,
하고 결심했을 때
그때 왜,
내가 수많은 사람을 미워했던 모습들이 떠오르지 않았지?

저 사람은 너무 교만해,
그러니까 저 사람과 그만 만나야지,
하고 결심했을 때
그때 왜,
나의 교만했던 모습들이 떠오르지 않았지?

저 사람은 너무 이해심이 없어,
그러니까 저 사람과 작별해야지,

하고 결심했을 때
그때 왜,
내가 남을 이해하지 못했던 모습들이 떠오르지 않았지?

이 사람은 이래서,
저 사람은 저래서 하며
모두 내 마음에서 떠나보냈는데
이젠 이곳에 나 홀로 남았네.

김남기

# 너무 작은 심장

작은 바람이 말했다.
내가 자라면
숲을 쓰러뜨려
나무들을 가져다주어야지.
추위하는 모든 이들에게.

작은 빵이 말했다.
내가 자라면
모든 이들의 양식이 되어야지.
배고픈 사람들의.

그러나 그 위로
아무것도 아닌 것 같은
작은 비가 내려
바람을 잠재우고 빵을 녹여
모든 것들이 이전과 같이 되었다네.
가난한 사람들은 춥고
여전히 배가 고프지.

하지만 나는 그렇게 믿지 않아.

만일 빵이 부족하고 세상이 춥다면
그것은 비의 잘못이 아니라
사람들이 너무 작은 심장을 가졌기 때문이지.

장 루슬로

# 이것 또한 지나가리라

어느 날 페르시아의 왕이 신하들에게
마음이 슬플 때는 기쁘게
기쁠 때는 슬프게 만드는 물건을
가져올 것을 명령했다.

신하들은 밤새 모여 앉아 토론한 끝에
마침내 반지 하나를 왕에게 바쳤다.
왕은 반지에 적힌 글귀를 읽고는
크게 웃음을 터뜨리며 만족해 했다.
반지에는 이런 글귀가 새겨져 있었다.
'이것 또한 지나가리라.'

슬픔이 그대의 삶으로 밀려와 마음을 흔들고
소중한 것들을 쓸어가 버릴 때면
그대 가슴에 대고 다만 말하라.
'이것 또한 지나가리라.'

행운이 그대에게 미소 짓고 기쁨과 환희로 가득할 때
근심 없는 날들이 스쳐갈 때면
세속적인 것들에만 의존하지 않도록

이 진실을 조용히 가슴에 새기라.
'이것 또한 지나가리라.'

랜터 윌슨 스미스

# 봄의 정원으로 오라

봄의 정원으로 오라.
이곳에 꽃과 술과 촛불이 있으니
만일 당신이 오지 않는다면
이것들이 무슨 의미가 있는가.

그리고 만일 당신이 온다면
이것들이 또한 무슨 의미가 있는가.

잘랄루딘 루미

# 금 간 꽃병

이 마편초꽃이 시든 꽃병은
부채가 닿아 금이 간 것.
살짝 스쳤을 뿐이겠지
아무 소리도 나지 않았으니.
하지만 가벼운 상처는 하루하루 수정을 좀먹어 들어
보이지는 않으나 어김없는 발걸음으로
차근차근 그 둘레를 돌아갔다.
맑은 물은 방울방울 새어 나오고
꽃들의 향기는 말라 들었다.
손대지 말라, 금이 갔으니.
곱다고 쓰다듬는 손도 때론 이런 것
남의 마음을 스쳐 상처를 준다.
그러면 마음은 절로 금이 가
사랑의 꽃은 말라죽는다.
사람들의 눈에는 여전히 온전하나
마음은 작고도 깊은 상처에 혼자 흐느껴 운다.
금이 갔으니 손대지 말라.

쉴리 프뤼돔

# 눈물

만일 내가 무엇인가로 돌아온다면
눈물로 돌아오리라.
너의 가슴에서 잉태되고
너의 눈에서 태어나
너의 뺨에서 살고
너의 입술에서 죽고 싶다.
눈물처럼.

---

작자 미상

# 인생 거울

세상에는 변치 않는 마음과
굴하지 않는 정신이 있다.
순수하고 진실한 영혼들도 있다.
그러므로 자신이 가진 최상의 것을 세상에 주라.
최상의 것이 너에게 돌아오리라.
사랑을 주면 너의 삶으로 사랑이 모이고
가장 어려울 때 힘이 될 것이다.
삶을 신뢰하라, 그러면 많은 이들이
너의 말과 행동을 신뢰할 것이다.
마음의 씨앗들을 세상에 뿌리는 일이
지금은 헛되이 보일지라도
언젠가는 열매를 거두게 되리라.
왕이든 걸인이든 삶은 다만 하나의 거울
우리의 존재와 행동을 비춰 줄 뿐.
자신이 가진 최상의 것을 세상에 주라.
최상의 것이 너에게 돌아오리라.

매들린 브리지스

# 생명은

생명은
자기 자신만으로는 완성될 수 없도록
만들어져 있는 듯하다.
꽃도
암술과 수술이 갖추어져 있는 것만으로는
불충분하며
곤충이나 바람이 찾아와
암술과 수술을 중매한다.
생명은 그 안에 결핍을 지니고 있으며
그것을 다른 존재로부터 채워 받는다.

세계는 아마도
다른 존재들과의 연결
그러나 서로가 결핍을 채운다고는
알지도 못하고
알려지지도 않고
그냥 흩어져 있는 것들끼리
무관심하게 있을 수 있는 관계
때로는 마음에 들지 않은 것들도 허용되는 사이
그렇듯 세계가

느슨하게 구성되어 있는 것은 왜일까.

꽃이 피어 있다.
바로 가까이까지
곤충의 모습을 한 다른 존재가
빛을 두르고 날아와 있다.

나도 어느 때
누군가를 위한 곤충이었겠지.
당신도 어느 때
나를 위한 바람이었겠지.

—

요시노 히로시

# 나는 배웠다

나는 배웠다.
다른 사람으로 하여금 나를 사랑하게 만들 수 없다는 것을.
내가 할 수 있는 일은 사랑받을 만한 사람이 되는 것뿐임을.
사랑은 사랑하는 사람의 선택에 달린 일.

나는 배웠다.
내가 아무리 마음을 쏟아 다른 사람을 돌보아도
그들은 때로 보답도 반응도 하지 않는다는 것을.
신뢰를 쌓는 데는 여러 해가 걸려도
무너지는 것은 한순간임을.

삶은 무엇을 손에 쥐고 있는가가 아니라
누가 곁에 있는가에 달려 있음을 나는 배웠다.
우리의 매력이라는 것은 15분을 넘지 못하고
그 다음은 서로를 알아가는 것이 더 중요함을.

다른 사람의 최대치에 나를 비교하기보다는
나 자신의 최대치에 나를 비교해야 함을 나는 배웠다.
삶은 무슨 사건이 일어나는가에 달린 것이 아니라
일어난 사건에 어떻게 대처하는가에 달린 것임을.

또 나는 배웠다.
무엇을 아무리 얇게 베어 낸다 해도
거기에는 언제나 양면이 있다는 것을.
그리고 내가 원하는 사람이 되는 데는
오랜 시간이 걸린다는 것을.

사랑하는 사람에게는 언제나
사랑의 말을 남겨 놓아야 함을 나는 배웠다.
어느 순간이 우리의 마지막 시간이 될지
아는 사람은 아무도 없으므로.

두 사람이 서로 다툰다고 해서
서로 사랑하지 않는 게 아님을 나는 배웠다.
그리고 두 사람이 서로 다투지 않는다고 해서
서로 사랑하는 게 아니라는 것도.
두 사람이 한 가지 사물을 바라보면서도
보는 것은 완전히 다를 수 있음을.

나는 배웠다.
나에게도 분노할 권리는 있으나

타인에 대해 몰인정하고 잔인하게 대할 권리는 없음을.
내가 바라는 방식대로 나를 사랑해 주지 않는다 해서
내 전부를 다해 사랑하지 않아도 좋다는 것이 아님을.

그리고 나는 배웠다.
아무리 내 마음이 아프다 하더라도 이 세상은
내 슬픔 때문에 운행을 중단하지 않는다는 것을.
타인의 마음에 상처를 주지 않는 것과
내가 믿는 것을 위해 내 입장을 분명히 하는 것,
이 두 가지를 엄격하게 구분하는 일이 얼마나 어려운가를.

나는 배웠다.
사랑하는 것과 사랑받는 것을.

트라피스트 수도회 출신으로 예수의 작은 형제회를 설립한 샤를르 드 푸코의
작품으로 알려져 있지만 많은 이들이 자신의 시라고 주장하고 있다.

# 침묵의 소리

존재의 언어로 만나자.
부딪침과 느낌과 직감으로.

나는 그대를 정의하거나 분류할 필요가 없다.
그대를 겉으로만 알고 싶지 않기에.
침묵 속에서 나의 마음은
그대의 아름다움을 비춘다.
그것만으로도 충분하다.

소유의 욕망을 넘어
그대를 만나고 싶은 그 마음
그 마음은
있는 그대로의 우리를 허용해 준다.

함께 흘러가거나 홀로 머물거나 자유다.
나는 시간과 공간을 초월해
그대를 느낄 수 있으므로.

—

클라크 무스타카스

# 생이 끝났을 때

죽음이 찾아올 때
가을의 배고픈 곰처럼
죽음이 찾아와 지갑에서 반짝이는 동전들을 꺼내
나를 사고, 그 지갑을 닫을 때

나는 호기심과 경이로움에 차서
그 문으로 들어가리라.
그곳은 어떤 곳일까, 그 어둠의 오두막은.

그리고 주위 모든 것을 형제자매처럼 바라보리라.
각각의 생명을 하나의 꽃처럼
들에 핀 야생화처럼 모두 같으면서 서로 다른.

생이 끝났을 때 나는 말하고 싶다.
내 생애 동안 나는 경이로움과 결혼한 신부였다고.
세상을 두 팔에 안은 신랑이었다고.
단지 이 세상을 방문한 것으로
생을 마치지는 않으리라.

—

메리 올리버

# 중세기 회교도의 충고

슬픔이 너를 지배하도록 내버려두지 말라.
쓸데없는 근심이 너의 날들을
뒤흔들게 내버려두지 말라.
책과 사랑하는 이의 입술을
풀밭의 향기를 저버리지 말라.
대지가 너를 그의 품에 안기 전에
어리석은 슬픔으로
너 자신을 너무 낭비하지 말라.
그 대신 축제를 열라.
불공정한 길 안에
정의의 예를 제공하라.
왜냐하면 이 세계의 끝은 무이니까.
네가 존재하지 않다고 가정하라.
그리고 자유롭다고.

----

오마르 카이암

# 별들의 침묵

한 백인 인류학자가
어느 날 밤 칼라하리 사막에서
부시맨들과 이야기를 나누던 중
자신은 별들의 노랫소리를
들을 수 없다고 말했다.

그러자 부시맨들은
그의 말을 믿을 수 없어 했다.
그들은 미소를 지으며
그의 얼굴을 쳐다보았다.
그가 농담을 하고 있거나
자신들을 속이고 있다고 여기면서.

농사를 지은 적도 없고
사냥할 도구도 변변치 않으며
평생 거의 아무것도 가진 것 없이 살아온
두 명의 키 작은 부시맨이
그 인류학자를
모닥불에서 멀리 떨어진 언덕으로 데려가
밤하늘 아래 서서 귀를 기울였다.

그런 다음 한 사람이 속삭이며 물었다.
이제는 별들의 노랫소리가 들리느냐고.
그는 의심스런 사람이 되고 싶진 않았지만
아무리 해도 들리지 않는다고 대답했다.

부시맨들은 그를 마치 아픈 사람처럼
천천히 모닥불가로 데려간 뒤
고개를 저으며 그에게 말했다.
참으로 안된 일이라고, 참으로 유감이라고.

인류학자는 오히려 자신이 더 유감이었다.
언제부터인가
자신과 자신의 조상들이
듣는 능력을 잃어버린 것에 대해.

────

데이비드 웨이고너

# 사람과의 거리

나무 한 그루의 가려진 부피와 드러난 부분이
서로 다를 듯 맞먹을 적에
내가 네게로 갔다 오는 거리와
네가 내게로 왔다 가는 거리는
같을 듯 같지 않다.

하늘만한 바다 넓이와 바다만큼 깊은 하늘빛이
나란히 문 안에 들어서면
서로의 바람은 곧잘 눈이 맞는다.
그러나, 흔히는 내가 너를 향했다가 돌아오는 시간과
네가 내게 머물렀다 떠나가는 시간이
조금씩 비껴가는 탓으로
우리는 때 없이 송두리째 흔들리곤 한다.

꽃을 짓이기며 얻은 진한 진액에서
꽃의 아름다움을 찾아보지 못하듯
좋아하는 사람 곁에 혹처럼 들러붙어 있어도
그 사람과의 거리는 가까워지지 않는다.

꽃과 꽃처럼 아름다운 사람은

눈앞에 있을 때 굳이 멀리 두고 보듯 보아야 하고
멀리 있을 때 애써 눈앞에 두고 보듯 보아야 한다.

누구나 날 때와 죽을 때를 달리하는 까닭에
꽃과 꽃처럼 아름다운 이에게 가는 길은
참으로 이 길밖에 딴 길이 없다 한다.

작자 미상. 암브로시아 제공

# 천 사람 중의 한 사람

천 사람 중의 한 사람은
형제보다 더 가까이 네 곁에 머물 것이다.
생의 절반을 바쳐서라도 그런 사람을 찾을 필요가 있다.
그 사람이 너를 발견하기를 기다리지 말고.
구백아흔아홉 사람은 세상 사람들이 바라보는 대로
너를 바라볼 것이다.
하지만 그 천 번째 사람은 언제까지나 너의 친구로 남으리라.
세상 모두가 너에게 등을 돌릴지라도.

그 만남은 목적이나 겉으로 내보이기 위한 것이 아닌
너를 위한 진정한 만남이 되리라.
천 사람 중의 구백아흔아홉 사람은 떠나갈 것이다.
너의 표정과 행동에 따라, 또는 네가 무엇을 이루는가에 따라.
그러나 네가 그 사람을 발견하고 그가 너를 발견한다면
나머지 사람들은 문제가 아니리라.
그 천 번째 사람이 언제나 너와 함께 물 위를 헤엄치고
물속으로도 기꺼이 가라앉을 것이기에.

때로 그가 너의 지갑을 사용할 수도 있지만
넌 더 많이 그의 지갑을 사용할 수 있으리라.

많은 이유를 대지 않고서도.
그리고 날마다 산책길에서 웃으며 만나리라.
마치 서로 빌려 준 돈 따위는 없다는 듯이.
구백아흔아홉 사람은 거래할 때마다 담보를 요구하리라.
하지만 천 번째 사람은
그들 모두를 합친 것보다 더 가치가 있다.
너의 진실한 감정을 그에게는 보여 줄 수 있으므로.

그의 잘못이 너의 잘못이고,
그의 올바름이 곧 너의 올바름이 되리라.
태양이 비칠 때나 눈비가 내릴 때나.
구백아흔아홉 사람은 모욕과 비웃음을 견디지 못할 것이다.
하지만 그 천 번째 사람은 언제나 네 곁에 있으리라.
함께 죽음을 맞이하는 한이 있더라도.
그리고 그 이후에도.

····

루디야드 키플링

# 첫눈에 반한 사랑

그들은 둘 다 믿고 있다.
갑작스런 열정이 자신들을 묶어 주었다고.
그런 확신은 아름답다.
하지만 약간의 의심은 더 아름답다.

그들은 확신한다.
전에 한 번도 만난 적이 없었기에
그들 사이에 아무런 일도 없었다고.
그러나 거리에서, 계단에서, 복도에서 들었던 말들은 무엇이
었는가.
그들은 수만 번 서로 스쳐 지나갔을지도 모른다.

나는 그들에게 묻고 싶다.
정말로 기억하지 못하는가.
어느 회전문에서
얼굴을 마주쳤던 순간을.
군중 속에서 '미안합니다' 하고 중얼거렸던 소리를.
수화기 속에서 들리던 '전화 잘못 거셨는데요' 하는 무뚝뚝한
음성을.
나는 대답을 알고 있으니,

그들은 정녕 기억하지 못하는 것이다.

그들은 놀라게 되리라.
우연이 그토록 여러 해 동안이나
그들을 데리고 장난치고 있었음을 알게 된다면.
그들의 만남이 운명이 되기에는
아직 준비를 갖추지 못해
우연은 그들을 가까이 끌어당기기도 하고, 떨어뜨리기도 했다.
그들의 길을 가로막기도 하고
웃음을 참으며
훨씬 더 멀어지게도 만들었다.

비록 두 사람이 읽지는 못했으나
수많은 암시와 신호가 있었다.
아마도 3년 전,
또는 바로 지난 화요일,
나뭇잎 하나 펄럭이며
한 사람의 어깨에서 또 한 사람의 어깨로 떨어지지 않았던가.
한 사람이 잃어버린 것을 다른 사람이 주웠었다.
누가 알겠는가, 어쩌면 그것이

유년 시절의 덤불 속으로 사라졌던 공일지도.

문 손잡이와 초인종 위
한 사람이 방금 스쳐간 자리를
다른 사람이 스쳐가기도 했다.
맡겨 놓은 여행 가방이 나란히 서 있기도 했다.
어느 날 밤, 어쩌면, 같은 꿈을 꾸다가
망각 속에 깨어났을지도 모른다.

모든 시작은
결국에는 다만 계속일 뿐.
운명의 책은
언제나 중간에서부터 펼쳐지는 것을.

---

비슬라바 쉼보르스카

# 늙은 철학자의 마지막 말

나는 그 누구와도 싸우지 않았다.
싸울 만한 가치가 있는 상대가 없었기에.
자연을 사랑했고, 자연 다음으로는 예술을 사랑했다.
나는 삶의 불 앞에서 두 손을 쬐었다.
이제 그 불길 가라앉으니 나 떠날 준비가 되었다.

---

**월터 새비지 랜더. 일흔다섯 번째 생일에 썼음**

# 사막

그 사막에서 그는
너무도 외로워
때로는 뒷걸음질로 걸었다.
자기 앞에 찍힌 발자국을 보려고.

---

오르텅스 블루

파리 지하철 공사에서 공모한 시 콩쿠르에서 8천 편의 응모작 중 1등 당선된 시

# 게

동해 바다 작은 섬 갯바위의 흰 백사장
나 눈물에 젖어
게와 놀았다네.

----

**이시카와 다쿠보쿠**
자살하려고 바닷가에 나갔다가 흰 모래사장 위의 작은 바닷게
한 마리에 눈이 팔려 그 게와 놀다가 자살할 마음도 잊다.

# 농담

문득 아름다운 것과 마주쳤을 때
지금 곁에 있으면 얼마나 좋을까 하고
떠오르는 얼굴이 있다면 그대는
사랑하고 있는 것이다.

그윽한 풍경이나
제대로 맛을 낸 음식 앞에서
아무도 생각하지 않는 사람
그 사람은 정말 강하거나
아니면 진짜 외로운 사람이다.

종소리를 더 멀리 보내기 위하여
종은 더 아파야 한다.

---

이문재

# 옹이

흉터라고 부르지 말라
한때는 이것도 꽃이었으니
비록 빨리 피었다 졌을지라도
상처라고 부르지 말라
한때는 눈부시게 꽃물을 밀어올렸으니
비록 눈물로 졌을지라도

죽지 않을 것이면 살지도 않았다
떠나지 않을 것이면 붙잡지도 않았다
침묵할 것이 아니면 말하지도 않았다
부서지지 않을 것이면, 미워하지 않을 것이면
사랑하지도 않았다

옹이라고 부르지 말라
가장 단단한 부분이라고
한때는 이것도 여리디 여렸으니
다만 열정이 지나쳐 단 한 번 상처로
다시는 피어나지 못했으니

류시화

# 이별

당신의 부재가 나를 관통하였다.
마치 바늘을 관통한 실처럼.
내가 하는 모든 일이
그 실 색깔로 꿰매어진다.

윌리엄 스탠리 머윈

# 나의 시

이것은 내가 읽을 수 있는 유일한 시
나는 그 시를 쓸 수 있는 유일한 시인
모든 게 엉망이었을 때도 나는 자살하지 않았다.
약물에 의존하려고도
가르침을 얻으려고도 하지 않았다.
대신 나는 잠을 자려고 애썼다.
하지만 아무리 애써도 잠이 오지 않을 때는
시 쓰는 법을 배웠다.
바로 오늘 같은 밤
바로 나 같은 누군가가 읽을지도 모를
이런 시를 위해.

레너드 코헨

# 삶이 하나의 놀이라면

삶이 하나의 놀이라면 이것이 그 놀이의 규칙이다.
당신에게는 육체가 주어질 것이다.
좋든 싫든 당신은 그 육체를
이번 생 동안 갖고 다닐 것이다.

당신은 삶이라는 학교에 등록할 것이다.
수업 시간이 하루 스물네 시간인 학교에.
당신은 그 수업을 좋아할 수도 있고
쓸모없거나 어리석은 것이라 여길 수도 있다.
하지만 충분히 배우지 못하면 같은 수업이 반복될 것이다.
그런 후에 다음 과정으로 나아갈 것이다.
당신이 살아 있는 한 수업은 계속되리라.

당신은 경험을 통해 배우리라.
실패는 없다, 오직 배움만이 있을 뿐.
실패한 경험은 성공한 경험만큼
똑같이 중요한 과정이므로.

'이곳'보다 더 나은 '그곳'은 없다.
다른 사람들은 모두 당신을 비추는 거울이다.

어떤 삶을 만들어 나갈 것인가는 전적으로
자신에게 달려 있다.
필요한 해답은 모두 자신 안에 있다.

그리고 태어나는 순간
당신은 이 모든 규칙을 잊을 것이다.

---

체리 카터 스코트

# 여행

길을 선택해야만 했을 때 나는 서쪽으로 난 길을 택했다.
길은 유년기의 숲에서 성공의 도시로 이어져 있었다.

내 가방에는 지식이 가득했지만
두려움과 무거운 것들도 들어 있었다.
내가 가진 가장 소중한 재산은
그 도시의 황금 문으로 들어가리라는 이상이었다.

도중에 나는 건널 수 없는 강에 이르렀고
내 꿈이 사라지는 것만 같아 두려웠다.
하지만 나무를 잘라 다리를 만들고 강을 건넜다.
여행은 내가 계획한 것보다 더 오래 걸렸다.
비를 맞아 몹시 피곤해진 나는 배낭의
무거운 것들을 버리고 걸음을 재촉했다.

그때 나는 숲 너머에 있는 성공의 도시를 보았다.
나는 생각했다.
'마침내 난 목적지에 도착했어. 온 세상이 부러워할 거야!'
도시에 도착했지만 문이 잠겨 있었다.
문 앞에 있는 남자가 눈살을 찌푸리며 목쉰 소리로 말했다.

'당신을 들여보낼 수 없어. 내 명단엔 당신의 이름이 없어.'

나는 울부짖고, 비명을 지르고, 발길질을 해댔다.
내 삶은 이제 끝이라는 생각이 들었다.
그때 처음으로 나는 고개를 돌려
내가 걸어온 동쪽을 바라보았다.
그곳까지 오면서 내가 경험한 모든 일들을.

도시에 들어갈 순 없었지만
그것이 내가 승리하지 못했다는 뜻은 아니었다.
나는 강을 건너고, 비를 피하는 법을 스스로 배웠다.
그리고 무엇보다 마음을 여는 법을 배웠다.
때로는 그것이 고통을 가져다줄지라도.

나는 알았다, 삶은 단순히 생존하는 것 이상임을.
나의 성공은 도착이 아니라 그 여정에 있음을.

낸시 함멜

# 이누이트 족의 노래

새벽이 밝아오고 태양이 하늘의 지붕 위로 올라올 때면
내 가슴은 기쁨으로 가득 찹니다.

겨울에 인생은 경이로 가득 차 있었습니다.
그러나 겨울이 내게 행복을 가져다주었습니까.

아니오, 나는 신발과 바닥창에 쓸 가죽을 구하느라
늘 노심초사했습니다.
어쩌다 우리 모두가 사용할 만큼 가죽이 넉넉하다 해도
그렇습니다, 나는 늘 걱정을 안고 살았습니다.

여름에 인생은 경이로 가득 차 있었습니다.
그러나 여름이 나를 행복하게 했습니까.

아니오, 나는 순록 가죽과 바닥에 깔 모피를 구하느라
늘 조바심쳤습니다.
그렇습니다, 나는 늘 걱정을 안고 살았습니다.

빙판 위의 고기잡는 구멍 옆에 서 있을 때
인생은 경이로 가득 차 있었습니다.

그러나 고기잡이 구멍 옆에서 기다리며 나는 행복했습니까.

아니오, 물고기가 잡히지 않을까봐
나는 늘 내 약한 낚시 바늘을 염려했습니다.
그렇습니다, 나는 늘 걱정을 안고 살았습니다.

잔칫집에서 춤을 출 때 인생은 경이로 가득 차 있었습니다.
그러나 춤을 춘다고 해서 내가 더 행복했습니까.

아니오, 나는 내 노래를 잊어버릴까봐
늘 안절부절못했습니다.
그렇습니다, 나는 늘 걱정을 안고 살았습니다.

내게 말해 주세요, 인생이 정말 경이로 가득 차 있는지.
그래도 내 가슴은 아직 기쁨으로 가득 찹니다.
새벽이 밝아오고 태양이 하늘의 지붕 위로 올라올 때면.

---

이누이트 족 코퍼 지파의 전통적인 노래

# 의족을 한 남자

한쪽 다리에 의족을 한 남자가
감옥을 탈출하다가 붙잡혔다.
간수들은 그의 의족을 빼앗아 버렸다.
날마다 그는 한쪽 다리를 한 채로
언덕을 넘고 강을 건너
밭에 가서 강제 노동을 해야만 했다.
일 년이 지나 크리스마스 이브가 되자
간수들은 그의 의족을 돌려주었다.
하지만 그에게는 더 이상 의족이 필요 없었다.
그는 이미 완벽한 탈출 계획을 세웠기에.
한쪽 다리로 탈출하는 계획을.

제임스 테이트

# 사이치에게 남은 것

사이치에게 남은 것은 아무것도 없네.
기쁨에 가득 찬 심장 말고는
그에게 남은 것은 아무것도 없네.
좋은 것도 나쁜 것도 없이
모든 것이 그에게서 떠나갔네.
남은 것은 아무것도 없네.
아무것도 갖지 않음,
얼마나 완벽한 만족인가.

아사하라 사이치

# 이제 난 안다

내가 사과 세 알만한 꼬마였을 때
난 사나이가 되기 위해 큰 소리로 외치곤 했지.
'난 알아, 난 알아, 난 다 알고 있다구!'

그것이 시작이었고, 그때가 바로 인생의 봄
하지만 열여덟 살이 되었을 때 난 또다시 말했지.
'난 알아, 이번에는 진짜로 알아.'

그리고 오늘, 지난 일들을 회상하는 날들 중에
내가 수없이 걸어온 길들을 되돌아보네.
그 길들이 어디서 와서
어디로 가는지 난 아직도 알지 못하네.

스물다섯 살 무렵 나는 모든 걸 알았었지.
사랑과 열정, 삶과 돈에 대해.
그중에서도 사랑에 대해서라면 모든 걸 다 해봤지.

생의 한가운데서 난 또 다른 배움을 얻었지.
내가 배운 것은 서너 마디로 말할 수 있다네.
어느 날 누군가 당신을 사랑하고 날씨마저 좋다면

'정말 날씨 한번 좋다'라고밖엔 더 잘 말할 수 없다는 것을.

생의 가을녘에 들어선 내게 아직도 삶에서 경이로운 것은
그토록 많았던 슬픈 저녁들은 잊혀지지만
어느 행복했던 아침은 결코 잊혀지지 않는다는 것.

젊은 시절 내내 '난 알아' 하고 말하고 싶었지만
그 답을 찾으면 찾을수록 알게 되는 건 더 적었지.

지금 내 인생의 괘종시계가 60번을 울렸고
난 아직 창가에 서 있지.
밖을 내다보면서 난 자문해 보네.
그리고 이제서야 난 알 수 없다는 것을 깨달았지.
삶과 사랑, 돈과 친구들, 그리고 열정에 대해.
그것들이 가진 소리와 색에 대해 결코 알 수 없다는 것을.

이것이 바로 내가 알고 있는 것의 전부.
하지만 바로 그것을 난 또 알고 있지.

―

장 가방

## 누가 떠나고 누가 남는가

위대한 사람들의 무덤을 바라볼 때
내 마음속 시기심은 모두 사라져 버린다.
미인들의 묘비명을 읽을 때
무절제한 욕망은 덧없어진다.

아이들 비석에 새겨진 부모들의 슬픔을 읽을 때
내 마음은 연민으로 가득해진다.
하지만 그 옆에 있는 부모들 자신의 무덤을 볼 때
곧 따라가 만나게 될 사람을 슬퍼하는 것이
얼마나 헛된 일인가를 깨닫는다.

쫓겨난 왕들이 그들을 쫓아낸 사람들 옆에
묻혀 있는 것을 볼 때
또 온갖 논리와 주장으로 세상을 갈라놓던
학자와 논객들이 나란히 묻힌 것을 볼 때
인간의 하잘것없는 다툼, 싸움, 논쟁에 대해
나는 슬픔과 놀라움에 젖는다.

조지프 애디슨. 웨스트민스터 대성당에서 쓴 시

# 내가 알고 있는 것

내가 무엇을 행하고 있는지
나는 알고 있는가.
내가 나를 소유하는 순간은
숨을 들이마시는 동안인가,
아니면 내쉬는 동안인가.
내가 알고 있는 것은
다음에 무엇을 쓸지
연필이 알고 있는 정도,
또는 다음에 어디로 갈지
그 연필심이 짐작하는 정도.

----

**잘랄루딘 루미**

# 무사의 노래

나에겐 부모가 없다
하늘과 땅이 나의 부모
나에겐 집이 없다
깨어 있음이 나의 집
나에겐 삶과 죽음이 없다
숨이 들고 나는 것이 나의 삶과 죽음
나에겐 특별한 수단이 없다
이해가 나의 수단
나에겐 힘이 없다
정직이 나의 힘
나에겐 비밀이 없다
인격이 나의 비밀
나에겐 몸이 없다
인내가 곧 나의 몸
나에겐 눈이 없다
번개의 번쩍임이 나의 눈
나에겐 귀가 없다
예민함이 나의 귀
나에겐 팔다리가 없다
신속함이 나의 팔다리

나에겐 기적이 없다
바른 행동이 나의 기적
나에겐 고정된 원칙이 없다
모든 상황에 적응하는 것이 나의 원칙
나에겐 전략이 없다
비움과 채움이 나의 전략
나에겐 벗이 없다
내 외로운 마음이 곧 나의 벗
나에겐 적이 없다
부주의가 곧 나의 적
나에겐 갑옷이 없다
관대함과 의로움이 나의 갑옷
나에겐 굳건한 성이 없다
흔들림 없는 마음이 나의 성
나에겐 검이 없다
나를 버림이 곧 나의 검

15세기 일본 무사들의 노래

# 사랑

끊임없이 자신을 비우기에
언제나 새로우며

최상의 호기심으로 배움에 임하지만
결코 지식을 쌓지 않으며

무엇이 되려고 한 적이 없기에
없음이라고 불리며

끝이 없이 깊고 닿지 않는 곳이 없으며

앎의 세계로부터 벗어나 있기에
모름이라고 불리며

그의 힘은 무한하나 한없이 부드러우며

보지 않는 구석이 없고
듣지 않는 소리가 없으며

그의 덕은 높고도 크나

겸손은 한없이 낮으며

우리의 사고가 끝나는 곳
단어의 의미가 끝나는 곳에서

어쩌면 만날 수도 있는
그것은 실체로서의 사랑

...

지두 크리슈나무르티

# 실

네가 따르는 한 가닥 실이 있다. 그 실은
변화하는 것들 사이로 지나간다.
하지만 그 실은 변하지 않는다.
사람들은 네가 무엇을 따라가는지 궁금해 할 것이다.
너는 그 실에 대해 설명해야만 한다.
그러나 사람들에게는 잘 보이지 않는다.
그 실을 붙잡고 있는 한 너는 길을 잃지 않는다.
비극은 일어나기 마련이고, 사람들은 상처 입거나
죽는다. 그리고 너는 고통받고 늙어간다.
시간이 하는 일을 너는 어떻게도 막을 수 없다.
그래도 그 실을 절대로 놓지 말라.

윌리엄 스태포드

# 자연에게서 배운 것

여기 전에 알지 못하던
어떤 분명하고 성스런 약이 있어
오직 감각뿐이던 내게 분별력이 생겨
신이 그러하듯 사려 깊고 신중해진다.

전에는 듣지 못하던 귀와 보지 못하던 눈에
이제는 들리고 보인다.
세월을 살던 내가 순간을 살고
배운 말만 알던 내가 이제는 진리를 안다.

소리 너머의 소리를 듣고
빛 너머의 빛을 본다.
태양이 그 빛을 잃을 만큼.

---

헨리 데이빗 소로우. 월든 숲에서 쓴 시

# 세상의 미친 자들

세상의 미친 자들에게 붙여지는 이름이 있다.
현실 부적응자,
반항아,
문제아,
부적합 판정을 받은 자.
사물을 다른 각도에서 바라보는 자들,
이들은 규칙을 좋아하지 않는다.
그리고 현상 유지를 별로 존중하지 않는다.

당신은 그들의 말을 인용할 수 있고,
그들에게 동의하지 않을 수도 있고,
그들을 칭찬하거나 비난할 수 있다.
하지만 그들에 대해 당신이 할 수 없는 단 한 가지는
그들을 무시하는 일.
왜냐하면 그들은 사물을 바꿔 놓기 때문이다.

그들은 발명하고, 상상하고, 치료한다.
탐험하고, 창조하고, 영감을 불어넣는다.
그들은 인류를 앞으로 나아가게 만든다.
어쩌면 그들은 미쳐야만 하는지도 모른다.

그렇지 않고 어떻게 텅 빈 화폭에서 그림을 볼 수 있겠는가.
어떻게 침묵 속에 앉아
결코 씌어진 적이 없는 노래를 들을 수 있겠는가.
또는 붉은 행성들을 응시하면서
우주 정거장을 떠올릴 수 있겠는가.

어떤 사람들은 그들을 미치광이라 부르지만,
우리는 그들을 천재라 부른다.
세상을 바꿀 수 있다고 생각할 만큼 미친 사람들만이
결국 세상을 바꿀 수 있기 때문에.

어느 고등학교 교사가 썼다고 전해지는 이 시는
애플 컴퓨터 사의 텔레비전 광고에 사용되었다.

# 내가 태어났을 때

내가 태어났을 때
나는 울었고
내 주변의 모든 사람은
웃고 즐거워하였다.

내가 내 몸을 떠날 때
나는 웃었고
내 주변의 모든 사람은
울며 괴로워하였다.

덧없는 삶에의 유혹으로부터
벗어나라.
자만심으로부터
무지로부터
어리석음의 광기로부터
속박을 끊으라.

그때 비로소 그대는
모든 괴로움으로부터
완전히 자유로우리라.

생과 사의 사슬을 끊으라.
어리석은 삶으로 빠져드는 이치를 알고
그것을 끊어 버리라.

그때 비로소
그대는 이 지상의 삶에 대한
욕망으로부터 자유롭게 되어

고요하고 평온하게
그대의 길을 걸어가리라.

〈티베트 사자의 서〉에서

# 나는 누구인가

나는 누구인가.
그들이 종종 말하기를
나는 감방에서 걸어나올 때
마치 왕이 자기의 성에서 걸어나오듯
침착하고, 활기차고, 당당하다고 한다.

나는 누구인가.
그들이 종종 말하기를
나는 간수에게 말을 건넬 때
마치 내게 명령하는 권한이라도 있는 듯
자유롭고, 다정하고, 분명하다고 한다.

나는 누구인가.
그들이 또한 말하기를
나는 불행한 날들을 견디면서
마치 승리에 익숙한 자와 같이
평화롭고, 미소 지으며, 자연스럽다고 한다.

나는 정말 다른 이들이 말하는 그런 존재인가,
아니면 다만 나 자신이 알고 있는 자에 지나지 않는가.

새장에 갇힌 새처럼 불안하게 뭔가를 갈망하다 병이 들고
손들이 나의 목을 조르고 있는 듯 숨 가쁘게 몸부림치고
빛깔과 꽃들과 새소리를 갈구하며
부드러운 말과 인간적인 친근함을 그리워하고
사소한 모욕에도 분노로 치를 떠는,

그리고 위대한 사건들을 간절히 고대하고
저 멀리 있는 친구들을 그리워하다 힘없이 슬퍼하고
기도하고 생각하고 글쓰는 일에 지치고 텅 빈,
무기력하게 그 모든 것과 이별할 채비를 갖춘 그런 존재.

나는 누구인가.
이것인가, 저것인가.
오늘은 이런 인간이고 내일은 다른 인간인가.
아니면 동시에 둘 다인가.
타인 앞에서는 위선자이고,
자기 자신 앞에서는 경멸할 수밖에 없는 가련한 약자인가.

나는 누구인가.
이 고독한 물음이 나를 비웃는다.

하지만 내가 누구이든, 신은 안다.
내가 그의 것임을.

나치에 항거하던 행동주의 신학자 디트리히 본회퍼가
베를린 감옥에서 숨을 거두기 전에 쓴 시

# 뒤에야

고요히 앉아 본 뒤에야
평상시의 마음이 경박했음을 알았네.
침묵을 지킨 뒤에야
지난날의 언어가 소란스러웠음을 알았네.
일을 돌아본 뒤에야
시간을 무의미하게 보냈음을 알았네.
문을 닫아건 뒤에야
앞서의 사귐이 지나쳤음을 알았네.
욕심을 줄인 뒤에야
이전의 잘못이 많았음을 알았네.
마음을 쏟은 뒤에야
평소에 마음씀이 각박했음을 알았네.

중국 명나라 문인 진계유

# 세례를 위한 시

물속으로 들어가라.
물이 네 갈증을 달래 줄 테니.
네 삶의 흐름 속으로 너를 데려다 줄 테니.

불을 꿈꾸라.
불이 네 몸을 덥혀 줄 테니.
불꽃이 네 영혼에 빛을 비출 테니.

별들을 바라보라.
성운들이 네 안에서 돌고 있는
원자들처럼 끝없이 회전할 테니.

나무에 대해 말하라.
나무가 지상에서 하늘을 향해 솟아오를 테니.
마치 너의 척추처럼.

남자들과 여자들은 너를 둘러싸고
숨과 목소리들이
너의 것과 서로 섞이리라.

홀로 너는 아무것도 아니지만
모두 함께 살아가리라.

가브리엘 꾸장

# 단 하나의 삶

어느 날 당신은 알게 되었다.
자신이 무엇을 해야만 하는지.
그리고 마침내 그 일을 시작했다.
주위의 목소리들이 계속해서
잘못된 충고를 외쳐댔지만
집 식구들은 불안해 하고
과거의 손길이 발목을 붙잡았지만
저마다 자신의 인생을 책임지라고 소리쳤지만
당신은 멈추지 않았다.
자신이 무엇을 해야만 하는지
알고 있었기에.

거센 바람이 불어와 당신의 결심을 흔들고
마음은 한없이 외로웠지만,
시간이 이미 많이 늦고
황량한 밤, 길 위에는
쓰러진 나뭇가지와 돌들로 가득했지만
조금씩 앞으로 나아가는 동안
어둔 구름들 사이로
별들이 빛나기 시작했다.

그리고 어떤 목소리가 들려왔다.
당신이 세상 속으로 걸어가는 동안
언제나 당신을 일깨워 준 목소리.
당신이 할 수 있는 단 하나의 일이 무엇인지
당신이 살아야 할 단 하나의 삶이 무엇인지를.

메리 올리버

## 선택의 가능성들

영화를 더 좋아한다.
강가의 떡갈나무들을 더 좋아한다.
인류를 사랑하는 자신보다
인간을 사랑하는 자신을 더 좋아한다.
만일의 경우에 대비해
실이 꿰어진 바늘을 갖고 다니는 것을 더 좋아한다.
초록색을 더 좋아한다.
모든 것을 비난하는 것이 곧 이성적인 판단이라고
주장하지 않는 것을 더 좋아한다.
예외를 더 좋아한다.
일찍 떠나기를 더 좋아한다.
의사와 다른 일에 대해 이야기하기를 더 좋아한다.
세밀한 선으로 그린 오래된 그림을 더 좋아한다.
시를 쓰지 않을 때의 어리석음보다
시를 쓸 때의 어리석음을 더 좋아한다.
해마다 맞이하는 특별한 기념일이 아닌
사랑으로 모든 날들을 기념하는 것을 더 좋아한다.
내게 아무것도 약속하지 않지만
도덕적인 사람을 더 좋아한다.
너무 쉽게 믿는 친절보다

사려 깊은 친절을 더 좋아한다.
정복하는 나라보다 정복당하는 나라를 더 좋아한다.
약간 주저하는 것을 더 좋아한다.
질서 잡힌 지옥보다
혼돈의 지옥을 더 좋아한다.
신문의 제1면보다 동화를 더 좋아한다.
잎이 없는 꽃보다 꽃이 없는 잎들을 더 좋아한다.
꼬리의 일부를 잘라 내지 않은 개를 더 좋아한다.
내 눈이 짙은색이기 때문에 옅은색 눈을 더 좋아한다.
서랍들을 더 좋아한다.
여기에 말한 많은 것들보다
여기에 말하지 않은 많은 것들을 더 좋아한다.
별들의 시간보다 벌레들의 시간을 더 좋아한다.
나무를 두드리는 것을 더 좋아한다.
얼마나 더 오래, 그리고 언제라고 묻지 않는 것을 더 좋아한다.
모든 존재가 그 자신만의 존재 이유를 갖고 있다는
가능성을 마음에 담아 두는 것을 더 좋아한다.

비슬라바 쉼보르스카

## 태초에 여자가 있었으니

첫째날, 내가 추위에 몸을 떨며 캄캄한 암흑 속으로 나아가
잔가지들을 주워 모아 모닥불을 피웠을 때
그분께서 덜덜 떨며 동굴 밖으로 나와
모닥불에 손을 쬐면서 말씀하시기를
'빛이 있으라' 하셨다.

둘째날, 내가 새벽부터 일어나 강에서 물을 길어다가
그분의 얼굴에 먼지가 묻지 않도록 마당에 물을 뿌렸을 때
그분께서 밖으로 나와
내가 손바닥에 부어 주는 물로 얼굴을 씻고 나서
하늘을 올려다보며 말씀하시기를
'지붕 위를 하늘이라 부르고, 마른 곳을 땅이라 부르며,
물은 바다에 모이게 하자' 하셨다.

셋째날, 내가 일찌감치 일어나 열매들을 따 모으고
작은 씨앗들을 두 돌멩이 사이에 넣고 갈아
반죽을 만들고 빵을 구웠을 때
그분께서 기지개를 켜며 일어나
빵과 열매들을 드시면서 말씀하시기를
'땅으로 하여금 풀과 채소와 각종 씨 맺는 열매들을

키우게 하자' 하셨다.

넷째날, 내가 허둥지둥 일어나 잎사귀 달린 나뭇가지로
마당을 쓸고, 빨랫감을 물에 담그고, 단지들을 문지르고
연장들을 닦고, 자루 달린 긴 낫을 숫돌에 갈고 있을 때
그분께서 느지막이 일어나 말씀하시기를
'하늘에 빛이 있어 그 빛으로 낮과 밤을 나누자' 하셨다.

다섯째날, 내가 아침부터 뛰어다니며 구유를 채우고
말에게 건초를 주고, 양털을 깎고, 거위를 배불리 먹이고
염소들에게 풀을 뜯기고, 암탉들에게 줄 옥수수를 갈고
오리들 먹일 쇠기풀을 베고, 돼지 먹일 부엌 찌끼를 데우고,
소젖을 짜고, 고양이에게 우유를 부어 주었을 때
그분께서 길게 하품을 하고
눈에서 잠을 부벼 내며 말씀하시기를
'모든 생물로 하여금 번성하여 땅을 뒤덮게 하자' 하셨다.

여섯째날, 찌르는 통증에 잠을 깬 내가 아이를 낳고
몸을 씻기고, 포대기로 싸고, 젖을 먹였을 때
그분께서 아이를 들여다보며 아이의 작은 손이

자신의 엄지손가락을 잡게 하시고
자기를 닮은 아이의 얼굴을 보고 미소 지으며 말씀하시기를
'내가 지은 모든 것이 참으로 보기에 좋더라' 하셨다.

일곱째날, 아이의 울음소리에 잠이 깬 나는
서둘러 기저귀를 갈고 젖을 먹여 달랜 뒤, 불을 켜고
창문을 열어 실내를 환기시키고, 신문을 가져오고
식물들에게 물을 주고, 조용히 청소를 한 뒤
아침을 만들었다. 그때,
커피 내음에 잠이 깬 그분께서 텔레비전을 켜고
담배에 불을 붙이며 말씀하시기를
'일곱째날은 쉬자' 하셨다.

1999년 독일 프랑크푸르트 국제 도서전에서 '가장 아름다운 책'으로 선정된
에바 토트의 시집에 실린 시

# 내가 엄마가 되기 전에는

내가 엄마가 되기 전에는 언제나
식기 전에 밥을 먹었었다.
얼룩 묻은 옷을 입은 적도 없었고
전화로 조용히 대화를 나눌 시간이 있었다.

내가 엄마가 되기 전에는
원하는 만큼 잠을 잘 수 있었고
늦도록 책을 읽을 수 있었다.
날마다 머리를 빗고 화장을 했다.

날마다 집을 치웠었다.
장난감에 걸려 넘어진 적도 없었고,
자장가는 오래전에 잊었었다.
내가 엄마가 되기 전에는
어떤 풀에 독이 있는지 신경 쓰지 않았었다.
예방 주사에 대해선 생각도 하지 않았었다.

누가 나한테 토하고, 내 급소를 때리고
침을 뱉고, 머리카락을 잡아당기고
이빨로 깨물고, 오줌을 싸고

손가락으로 나를 꼬집은 적은 한 번도 없었다.

엄마가 되기 전에는 마음을 잘 다스릴 수가 있었다.
내 생각과 몸까지도.
울부짖는 아이를 두 팔로 눌러
의사가 진찰을 하거나 주사를 놓게 한 적이 없었다.
눈물 어린 눈을 보면서 함께 운 적이 없었다.
단순한 웃음에도 그토록 기뻐한 적이 없었다.
잠든 아이를 보며 새벽까지 깨어 있었던 적이 없었다.

아이가 깰까봐 언제까지나
두 팔에 안고 있었던 적이 없었다.
아이가 아플 때 대신 아파 줄 수가 없어서
가슴이 찢어진 적이 없었다.
그토록 작은 존재가 그토록 많이 내 삶에
영향을 미칠 줄 생각조차 하지 않았었다.
내가 누군가를 그토록 사랑하게 될 줄
결코 알지 못했었다.

내 자신이 엄마가 되는 것을

그토록 행복하게 여길 줄 미처 알지 못했었다.
내 몸 밖에 또 다른 나의 심장을 갖는 것이
어떤 기분일지 몰랐었다.
아이에게 젖을 먹이는 것이
얼마나 특별한 감정인지 몰랐었다.

한 아이의 엄마가 되는 그 기쁨,
그 가슴 아픔,
그 경이로움,
그 성취감을 결코 알지 못했었다.
그토록 많은 감정들을.
내가 엄마가 되기 전에는.

\-

작자 미상

# 예수가 인터넷을 사용했는가

산상수훈을 설파하기 위해
예수가 인터넷을 사용했는가.
자신의 복음을 널리 전파하기 위해
예수가 스팸 메일을 사용했는가.

사도 바울은 성능 좋은 메모리와 업 버전을 사용했는가.
그의 편지들은 바울@로마.컴이라는 이메일 명으로
성경 게시판에 올려졌는가.
마케도니아에서 떠날 때 그는 문자 메시지로
'가도 되는가'를 묻고 출발했는가.

모세는 바다를 가르기 위해
전자 게임기의 조종간을 작동했는가.
그리고 어디로 가야 할지를 알기 위해
위성 추적 장치의 도움을 받았는가.
그는 십계명을 손으로 썼는가,
아니면 영구히 보관되도록 CD에 기록했는가.

예수는 어느 날 나무 위에서
정말로 우리를 위해 죽었는가.

아니면 그것은 단지 홀로그램인가,
또는 컴퓨터 합성인가.
그것은 무선 인터넷을 통해
동영상으로 다운로드 받을 수 있는가.

만일 당신의 삶에서 신의 목소리를 듣기 어렵다면,
다른 목소리들이 너무 많이 들려
신의 목소리가 당신 귀에 가닿지 않는다면,
그렇다면 당신의 노트북 컴퓨터와 인터넷과
다른 모든 멋진 도구들을 내려놓으라.
그리고 순수함으로 돌아가라.
그러면 신이 당신 곁에 있으리라.

작자 미상. 로마 가톨릭 교황청 홈페이지에 오른 시

# 신을 믿는 것

아무런 열정도
마음의 갈등도
불확실한 것도, 의심도
심지어는 좌절도 없이 신을 믿는 사람은
신을 믿는 것이 아니다.
그는 다만
신에 관한 생각을 믿고 있을 뿐이다.

---

미구엘 드 우나무노

# 회교 사원 벽에 씌어진 시

구차하게 사느니 죽음을 택하라.
남의 비위를 맞추느니 적은 것에 만족하라.
어차피 자신의 것이 아니면
어떤 방법을 써도 자신의 것이 되지 않을 터.
운명에는 이틀이 있다.
하루는 당신의 편,
다른 하루는 당신에게 등을 돌리리라.
그러므로 운명이 자신의 편일 때
자만하거나 무모하지 말며,
운명이 등을 돌릴 때 참고 기다리라.
모든 자랑거리를 내려놓고
늘 자신의 무덤을 기억하라.
그것을 거부하는 자는 진리에 의해 쓰러질 것이니.
가슴은 진정한 깨달음의 책,
머리의 영리함을 잊고 오래 서 있는 나무처럼
자유에 대한 갈망을 견디라.
그것이 진정한 이해에 이르는 길이니.

하드라트 알리

## 사막의 지혜

강이 있었다.
그 강은 머나먼 산에서 시작해 마을과 들판을 지나
마침내 사막에 이르렀다.

강은 곧 알게 되었다.
사막으로 들어가기만 하면
자신의 존재가 사라져 버린다는 것을.

그때 사막 한가운데에서 어떤 목소리가 들려왔다.
'바람이 사막을 건널 수 있듯이
강물도 건널 수 있다.'

강은 고개를 저었다.
사막으로 달려가기만 하면
강물이 흔적도 없이 모래 속으로 사라져 버린다고.
바람은 공중을 날 수 있기에
문제없이 사막을 건널 수 있는 것이라고.

사막의 목소리가 말했다.
'그 바람에게 너 자신을 맡겨라.

너를 증발시켜 바람에 실어라.'

하지만 두려움 때문에 강은
차마 자신의 존재를 버릴 수가 없었다.
그때 문득 어떤 기억이 떠올랐다.
언젠가 바람의 팔에 안겨 실려가던 일이.

그리하여 강은 자신을 증발시켜
바람의 다정한 팔에 안겼다.
바람은 가볍게 수증기를 안고 날아올라
수백 리 떨어진 건너편 산꼭대기에 이르러
살며시 대지에 비를 떨구었다.

그래서 강이 여행하는 법은
사막 위에 적혀 있다는 말이 전해지게 되었다.

----

수피(이슬람 신비주의) 우화시

# 어부의 기도

주님, 저로 하여금 죽는 날까지
물고기를 잡을 수 있게 하시고,
마지막 날이 찾아와
당신이 던진 그물에 내가 걸렸을 때
바라옵건대 쓸모없는 물고기라 여겨
내던져짐을 당하지 않게 하소서.

---

17세기, 작자 미상

# 당신의 손에 할 일이 있기를

당신 손에 언제나 할 일이 있기를.
당신 지갑에 언제나 한두 개의 동전이 남아 있기를.
당신 발 앞에 언제나 길이 나타나기를.
바람은 언제나 당신의 등 뒤에서 불고
당신의 얼굴에는 해가 비치기를.
이따금 당신의 길에 비가 내리더라도
곧 무지개가 뜨기를.
불행에서는 가난하고
축복에서는 부자가 되기를.
적을 만드는 데는 느리고
친구를 만드는 데는 빠르기를.
이웃은 당신을 존중하고
불행은 당신을 아는 체도 하지 않기를.
당신이 죽은 것을 악마가 알기 30분 전에 이미
당신이 천국에 가 있기를.
앞으로 겪을 가장 슬픈 날이
지금까지 겪은 가장 행복한 날보다 더 나은 날이기를.
그리고 신이 늘 당신 곁에 있기를.

켈트 족 기도문

# 한 방울의 눈물

어느 날 나는
어떤 울음소리를 들었다.
자동차들의 소음 위로.
처음에 나는 그것이 새의 울음이나
어린 야생 동물의 울음이라 여겼다.
하지만 나는 길에 떨어진
내 가슴의 울음을 발견했다.

나는 울고 있는 나의 부서진 가슴을 주워
옷 속에 넣었다.
그것을 따뜻하게 보호하기 위해.

사람들은 집 잃은 어린 여우나 야생 늑대,
날개가 부러진 새를 보호했다가
그것들이 다 자라면
상처가 다 나으면
언덕으로 데리고 가 풀어 준다.
자유롭게 날고 자유롭게 뛰어다닐 수 있도록.

나도 내 가슴을 잘 보호하리라.

그것이 성장하고 치유될 때까지.
그리하여 어느 날 그것을 언덕으로 데려가
자유롭게 놓아주리라.
그것이 내 머리 위 하늘로 날아가는 걸 보기 위해
풀밭을 달려가는 걸 보기 위해.

그날 내 두 눈에는
단 한 방울의 눈물만 남으리라.

레니타 드리저

# 옳은 말
— 아이를 잃은 엄마가 쓴 시

제발 내가 그것을 극복했는지 묻지 말아 주세요.
난 그것을 영원히 극복하지 못할 테니까요.

지금 그가 있는 곳이 이곳보다 더 낫다고 말하지 말아 주세요.
그는 지금 내 곁에 없으니까요.

더 이상 그가 고통받지 않을 거라고는 말하지 말아 주세요.
그가 고통받았다고 난 생각한 적이 없으니까요.

내가 느끼는 것을 당신도 알고 있다고는 말하지 말아 주세요.
당신 또한 아이를 잃었다면 모를까요.

내게 아픔에서 회복되기를 빈다고 말하지 말아 주세요.
잃은 슬픔은 병이 아니니까요.

내가 적어도 그와 함께 많은 해들을 보냈다고는 말하지 말아
주세요.
당신은, 당신의 아이가 몇 살에 죽어야 한다는 건가요?

내게 다만 당신이 내 아이를 기억하고 있다고만 말해 주세요.

만일 당신이 그를 잊지 않았다면.

신은 인간에게 극복할 수 있는 만큼의 형벌만 내린다고는 말하
지 말아 주세요.
다만 내게 가슴이 아프다고만 말해 주세요.

내가 내 아이에 대해 말할 수 있도록 단지 들어만 주세요.
그리고 내 아이를 잊지 말아 주세요.

제발 내가 마음껏 울도록
지금은 다만 나를 내버려둬 주세요.

---
리타 모란

# 진정한 여행

가장 훌륭한 시는 아직 씌어지지 않았다.
가장 아름다운 노래는 아직 불려지지 않았다.
최고의 날들은 아직 살지 않은 날들
가장 넓은 바다는 아직 항해되지 않았고
가장 먼 여행은 아직 끝나지 않았다.
불멸의 춤은 아직 추어지지 않았으며
가장 빛나는 별은 아직 발견되지 않은 별
무엇을 해야 할지 더 이상 알 수 없을 때
그때 비로소 진정한 무엇인가를 할 수 있다.
어느 길로 가야 할지 더 이상 알 수 없을 때
그때가 비로소 진정한 여행의 시작이다.

---

나짐 히크메트. 감옥에서 쓴 시

# 나이

누군가 나에게 나이를 물었지.
세월 속에 희끗희끗해진 머리를 보고 난 뒤
내 이마의 주름살들을 보고 난 뒤.
난 그에게 대답했지.
내 나이는 한 시간이라고.
사실 난 아무것도 세지 않으니까.
게다가 내가 살아온 세월에 대해서는.
그가 나에게 말했지.
지금 무슨 말씀을 하시는 거죠? 설명해 주세요.
그래서 난 말했지.
어느 날 불시에 나는 내 마음을 사로잡은 이에게
입을 맞추었지.
아무도 모르는 은밀한 입맞춤을.
나의 날들이 너무도 많지만
나는 그 짧은 순간만을 세지.
왜냐하면 그 순간이 정말로 나의 모든 삶이었으니까.

---

이븐 하짐

# 죽음이 집에서 나를 기다린다

죽음이 오늘 내 앞에 있다
병의 회복 같은
고통 뒤의 산책 같은

죽음이 오늘 내 앞에 있다
몰약 향기 같은
바람 부는 날의
천막 아래 휴식 같은

죽음이 오늘 내 앞에 있다
연꽃 향기 같은
취기의 웃음 속 휴식 같은

죽음이 오늘 내 앞에 있다
비 온 뒤 걷는 길 같은
오랜 전쟁 뒤의
집으로의 귀가 같은

죽음이 오늘 내 앞에 있다
구름 낀 하늘이 개는 것처럼

알지 못하는 어떤 것에의 열망 같은

죽음이 오늘 내 앞에 있다
오랜 속박의 긴 해들을 지나
자신의 집을 다시 본 기쁨 같은

모든 나쁜 것들을 잊고 행복에 대해 명상하라
침묵을 사랑하는 그 나라에
이를 때까지

----

삶에 지친 사람과 그의 영혼과의 대화
B.C. 1900년 경 이집트 파피루스에 적힌 시

# 여섯 가지 참회

내가 생각해야만 하는데도 생각하지 않은 것과
말해야만 하는데도 말하지 않은 것
행해야만 하는데도 행하지 않은 것

그리고 내가 생각하지 말아야 하는데도 생각한 것과
말하지 말아야 하는데도 말한 것
행하지 말아야 하는데도 행한 것
그 모든 것들을 용서하소서.

---

젠드 아베스타(기원전 6세기 경)
페르시아 조로아스터 경전의 기도문

# 구도자의 노래

살아 있는 동안 손님을 맞이하라.
살아 있는 동안 경험 속으로 뛰어들고
살아 있는 동안 삶을 이해하라.
그대가 구원이라고 부르는 것은
죽음이 오기 전에만 가능한 일
살아 있는 동안 밧줄을 끊지 않는다면
죽은 뒤에 어떻게 자유를 얻겠는가.
육체가 썩은 다음에야
영혼이 신과 결합될 수 있다는 것은
크나큰 착각이 아닐 수 없다.
지금 그를 발견하라.
지금 그를 찾지 못한다면
그대 갈 곳은 죽음의 도시뿐
지금 이 자리에서 그와 하나가 되라.
그러면 이다음에도 그와 하나가 되리라.

....

까비르

# 신과의 인터뷰

어느 날 나는 신과 인터뷰하는 꿈을 꾸었다.
신이 말했다.
'그래, 나를 인터뷰하고 싶다구?'
내가 말했다.
'네, 시간이 있으시다면.'

신이 미소 지으며 말했다.
'나의 시간은 영원,
내게는 충분한 시간이 있다.
무슨 질문을 마음속에 품고 있는가?'

내가 물었다.
'인간에게서 가장 놀라운 점이 무엇인가요?'

신이 대답했다.
'어린 시절이 지루하다고 서둘러 어른이 되는 것
그리고는 다시 어린 시절로 되돌아가기를 갈망하는 것

돈을 벌기 위해 건강을 잃어버리는 것
그리고는 건강을 되찾기 위해 돈을 다 잃는 것

미래를 염려하느라 현재를 놓쳐 버리는 것
그리하여 결국 현재에도 미래에도 살지 못하는 것

결코 죽지 않을 것처럼 사는 것
그리고는 결코 살아 본 적이 없는 듯 무의미하게 죽는 것.'

신이 나의 손을 잡았다.
우리는 잠시 침묵에 잠겼다.
그런 다음 내가 겸허하게 말했다.
'시간을 내주셔서 감사합니다.
당신의 자식들에게 그 밖에 하실 말씀이 있으신가요?'

신이 미소 지으며 말했다.
'내가 이곳에 있음을 기억하기를.
언제나, 모든 방식으로.'

---

작자 미상

# 우리 시대의 역설

건물은 높아졌지만 인격은 더 작아졌다.
고속도로는 넓어졌지만 시야는 더 좁아졌다.
소비는 많아졌지만 더 가난해지고
더 많은 물건을 사지만 기쁨은 줄어들었다.

집은 커졌지만 가족은 더 적어졌다.
더 편리해졌지만 시간은 더 없다.
학력은 높아졌지만 상식은 부족하고
지식은 많아졌지만 판단력은 모자라다.
전문가들은 늘어났지만 문제는 더 많아졌고
약은 많아졌지만 건강은 더 나빠졌다.

너무 분별없이 소비하고
너무 적게 웃고
너무 빨리 운전하고
너무 성급히 화를 낸다.

너무 많이 마시고 너무 많이 피우며
너무 늦게까지 깨어 있고 너무 지쳐서 일어나며
너무 적게 책을 읽고, 텔레비전은 너무 많이 본다.

그리고 너무 드물게 기도한다.

가진 것은 몇 배가 되었지만 가치는 더 줄어들었다.
말은 너무 많이 하고
사랑은 적게 하며
거짓말은 너무 자주 한다.

생활비를 버는 법은 배웠지만
어떻게 살 것인가는 잊어버렸고
인생을 사는 시간은 늘어났지만
시간 속에 삶의 의미를 넣는 법은 상실했다.

달에 갔다 왔지만
길을 건너가 이웃을 만나기는 더 힘들어졌다.
외계를 정복했는지 모르지만 우리 안의 세계는 잃어버렸다.
공기 정화기는 갖고 있지만 영혼은 더 오염되었고
원자는 쪼갤 수 있지만 편견을 부수지는 못한다.

자유는 더 늘었지만 열정은 더 줄어들었다.
키는 커졌지만 인품은 왜소해지고

이익은 더 많이 추구하지만 관계는 더 나빠졌다.
세계 평화를 더 많이 얘기하지만 전쟁은 더 많아지고
여가 시간은 늘어났어도 마음의 평화는 줄어들었다.

더 빨라진 고속 철도
더 편리한 일회용 기저귀
더 많은 광고 전단
그리고 더 줄어든 양심
쾌락을 느끼게 하는 더 많은 약들
그리고 더 느끼기 어려워진 행복.

제프 딕슨이 처음 인터넷에 이 시를 올린 뒤, 많은 사람들이
한 줄씩 덧보태 지금도 이어지고 있다.

# 도의 사람

도 안에서 걸림 없이 행동하는 사람은
그 자신의 이해에 얽매이지 않으며
또 그런 개인적인 이해에 얽매여 있는 사람을
경멸하지도 않는다.
그는 재물을 모으고자 애쓰지 않으며
그렇다고 청빈의 덕을 내세우지도 않는다.
그는 남에게 의존함 없이
자신의 길을 걸어가며
또한 홀로 걸어감을 자랑하지도 않는다.
대중을 따르지 않으면서도
대중을 따르는 자를 비난하지 않는다.
어떤 지위와 보상도 그의 마음을 끌지 못하며
불명예와 부끄러움도 그의 길을 가로막지 못한다.
그는 매사에 옳고 그름을 판단하지 않으며
긍정과 부정에 좌우되지도 않는다.
그런 사람을
도의 사람이라 부른다.

—

장자. 토머스 머튼 번역

## 그럼에도 불구하고

사람들은 때로 믿을 수 없고, 앞뒤가 맞지 않고,
자기중심적이다.
그럼에도 불구하고 그들을 용서하라.

당신이 친절을 베풀면
사람들은 당신에게 숨은 의도가 있다고 비난할 것이다.
그럼에도 불구하고 친절을 베풀라.

당신이 어떤 일에 성공하면
몇 명의 가짜 친구와 몇 명의 진짜 적을 갖게 될 것이다.
그럼에도 불구하고 성공하라.

당신이 정직하고 솔직하면 상처받기 쉬울 것이다.
그럼에도 불구하고 정직하고 솔직하라.

오늘 당신이 하는 좋은 일이
내일이면 잊혀질 것이다.
그럼에도 불구하고 좋은 일을 하라.

가장 위대한 생각을 갖고 있는 가장 위대한 사람일지라도 가장 작은 생각을 가진 작은 사람들의 총에 쓰러질 수 있다.
그럼에도 불구하고 위대한 생각을 하라.

사람들은 약자에게 동정을 베풀면서도 강자만을 따른다.
그럼에도 불구하고 소수의 약자를 위해 싸우라.

당신이 몇 년을 걸려 세운 것이
하룻밤 사이에 무너질 수도 있다.
그럼에도 불구하고 다시 일으켜 세우라.

당신이 마음의 평화와 행복을 발견하면
사람들은 질투를 느낄 것이다.
그럼에도 불구하고 평화롭고 행복하라.

당신이 가진 최고의 것을 세상과 나누라.
언제나 부족해 보일지라도,
그럼에도 불구하고 최고의 것을 세상에 주라.

---

인도 캘커타의 마더 테레사 본부 벽에 붙어 있는 시

# 그런 사람

집착 없이 세상을 걸어가고
아무것도 가진 것 없이
자기를 다스릴 줄 아는 사람
모든 속박을 끊고
괴로움과 욕망이 없는 사람
미움과 잡념과 번뇌를 벗어던지고
맑게 살아가는 사람
거짓도 없고 자만심도 없고
어떤 것을 내 것이라 주장하지도 않는 사람
이미 강을 건너 물살에 휩쓸리지 않는 사람

이 세상이나 저 세상이나 어떤 세상에 있어서도
삶과 죽음에 걸림이 없는 사람
모든 욕망을 버리고 집 없이 다니며
다섯 가지 감각을 안정시켜
달이 월식에서 벗어나듯이 붙들리지 않는 사람
모든 의심을 넘어선 사람
자기를 의지처로 하여 세상을 다니고
모든 일로부터 벗어난 사람
이것이 마지막 생이고

더 이상 태어남이 없는 사람
고요한 마음을 즐기고
생각이 깊고
언제 어디서나 깨어 있는 사람

인도 고대 경전 〈숫타니파타〉 중에서

# 빛

모든 인간 존재로부터는
하늘로 똑바로 올라가는
한 줄기 빛이 나온다.
함께 있기로 운명지어진
두 영혼이 서로를 발견하는 순간
두 빛줄기는 하나가 된다.
그렇게 해서 하나가 된 두 존재로부터는
더 밝은 한 줄기의 빛이
비쳐 나온다.

—

바알 셈 토브

# 또 다른 충고들

고통에 찬 달팽이를 보게 되거든 충고하려 들지 말라.
그 스스로 고통에서 벗어나올 것이다.
너의 충고는 그를 화나게 하거나 상처 입게 만들 것이다.
하늘의 선반 위로 제자리에 있지 않은 별을 보게 되거든
그럴 만한 이유가 있을 것이라고 생각하라.
더 빨리 흐르라고 강물의 등을 떠밀지 말라.
풀과 돌, 새와 바람, 그리고 대지 위의 모든 것들처럼
강물은 나름대로 최선을 다하고 있는 것이다.
시계추에게 달의 얼굴을 가지고 있다고 말하지 말라.
너의 말이 그의 마음을 상하게 할 것이다.
그리고 너의 문제들을 가지고
너의 개를 귀찮게 하지 말라.
그는 그만의 문제들을 가지고 있으니까.

장 루슬로

## 태양의 돌

죽은 자는 스스로의 죽음 속에 묶여
다시 달리 죽을 수 없다.
스스로의 모습 속에 못박혀 다시 어쩔 도리가 없다.
그 고독으로부터, 그 죽음으로부터
별수 없이 보이지 않는 눈으로 우리를 지켜볼 뿐
그의 죽음은 이제 그의 삶의 동상
거기 항상 있으면서 항상 있지 않은.
우리는 하나의 삶의 기념비
우리 것이 아닌 우리가 살지 않는 남의 삶.

그러니까 삶이라는 것이 언제 정말 우리의 것인 일이 있는가.
언제 우리는 정말 우리 자신인가.
잘 생각해 보면 우리는 아무것도 아니다. 아무것도 되어 본 일
이 없다.
삶은 한 번도 우리 것인 적이 없다. 그건 언제나 남의 것.
삶은 아무의 것도 아니다. 우리 모두가
삶이고, 남을 위해 태양으로 빚은 빵
우리 모두 남인 우리라는 존재.
내가 존재할 때 나는 남이다. 나의 행동은
나의 것만이 아니라 우리 모두의 것이기도 하다.

내가 존재하기 위해서 나는 남이 되어야 한다.

내게서 떠나와 남들 사이에서 나를 찾아야 한다.

남들이란 결국 내가 존재하지 않으면 존재하지 않는 것

그 남들이 나의 존재를 가능하게 한다.

나는 존재하지 않는다, 내가 없다, 항상 우리다.

삶은 항상 다른 것, 항상 거기 있는 것, 멀리 있는 것,

너를 떠나 나를 떠나 항상 지평선으로 남아 있는 것.

우리의 삶을 앗아가고 우리를 타인으로 남겨 놓는 삶

우리에게 얼굴을 만들어 주고 그 얼굴을 마모시키는 삶.

----

옥타비오 빠스

# 힘과 용기의 차이

강해지기 위해서는 힘이 필요하고
부드러워지기 위해서는 용기가 필요하다.

자신을 방어하기 위해서는 힘이
방어 자세를 버리기 위해서는 용기가

이기기 위해서는 힘이
져주기 위해서는 용기가

확신을 갖기 위해서는 힘이 필요하고
의문을 갖기 위해서는 용기가 필요하다.

조화를 이루기 위해서는 힘이
전체의 뜻에 따르지 않기 위해서는 용기가

다른 사람의 고통을 느끼기 위해서는 힘이
자신의 고통과 마주하기 위해서는 용기가 필요하다.

자신의 감정을 숨기기 위해서는 힘이 필요하고
그것을 표현하기 위해서는 용기가 필요하다.

학대를 견디기 위해서는 힘이 필요하고
그것을 중단시키기 위해서는 용기가 필요하다.

홀로 서기 위해서는 힘이 필요하고
누군가에게 기대기 위해서는 용기가 필요하다.

사랑하기 위해서는 힘이
사랑받기 위해서는 용기가

생존하기 위해서는 힘이
삶을 살기 위해서는 용기가 필요하다.

---

데이비드 그리피스

# 일일초

오늘도 한 가지
슬픈 일이 있었다.
오늘도 또 한 가지
기쁜 일이 있었다.

웃었다가 울었다가
희망했다가 포기했다가
미워했다가 사랑했다가

그리고 이런 하나하나의 일들을
부드럽게 감싸 주는
헤아릴 수 없이 많은
평범한 일들이 있었다.

---

호시노 도미히로. 교사 시절 기계 체조를 가르치다가
철봉에서 떨어져 전신마비가 됨

130

# 하나, 둘, 세 개의 육체

나는 단 하나의 육체를 갖고 있지만
두 개의 영혼을 갖고 있지.
하나는 감동하기 위해
다른 하나는 냉정하기 위해.
나는 단 하나의 영혼을 갖고 있지만
두 개의 육체를 갖고 있지.
하나는 지속되기 위해
다른 하나는 사라지기 위해.
하지만 또 나는 세 개의 영혼을 갖고 있지.
순결하고 순결하지 못한.
그리고 정화해야 할 또 다른 하나를.
나는 세 개의 육체를 갖고 있지.
진실과 거짓의 그리고 상상 속의.
또 나는 더 이상 육체도 영혼도 갖고 있지 않지.

----

**알랭 보스께**

# 축복의 기도

이제 또 한 사람의 여행자가
우리 곁에 왔네.
그가 우리와 함께 지내는 날들이
웃음으로 가득하기를.
하늘의 따뜻한 바람이
그의 집 위로 부드럽게 불기를.
위대한 정령이 그의 집에 들어가는
모든 이들을 축복하기를.
그의 모카신 신발이
여기저기 눈 위에
행복한 발자국을 남기기를.

체로키 족 인디언들의 아이의 탄생을 축복하는 기도
모카신은 인디언들의 들소 가죽 신발

# 춤

나는 당신에게 초대장을 보냈다.
내 손바닥에 삶의 불꽃으로 쓴 초대장을.

내게 보여 달라,
아픔 속 아픔으로 나선형을 그리며 떨어지면서도
당신이 당신의 가장 깊은 바람을 어떻게 따르고 있는가를.
그러면 내가 날마다 어떻게 내면에 가닿고,
또한 바깥을 향해 문을 열어 삶의 신비의 입맞춤을
어떻게 내 입술에 느끼는가를 말해 줄 테니.

당신의 가슴속에 온 세상을 담고 싶다고 말하지 말라.
다만 당신이 상처를 받고 사랑받지 못하는 것이 두려웠을 때
어떻게 자신을 버리지 않고
또 다른 실수를 저지르는 일로부터 등을 돌렸는가 말해 달라.

당신이 누구인지 알 수 있도록 내게 삶의 이야기를 들려 달라.
그리고 내가 살아온 이야기들 속에서
내가 진정 누구인가를 보아 달라.
내게 말하지 말라,
언젠가는 멋진 일들이 일어날 것이라고.

그 대신 마음의 흔들림 없이 위험과 마주할 수 있는가를
내게 보여 달라.
지금 이 순간 일어나는 모든 일들을
진정으로 받아들일 수 있는가를.

영웅적인 행동을 한 전사 같은 이야기는 충분히 들었다.
하지만 벽에 부딪쳤을 때 당신이 어떻게 무너져 내렸는가,
당신의 힘만으론 도저히 넘을 수 없었던 벽에 부딪쳤을 때
무엇이 당신을 벽 건너편으로 데려갔는가를
내게 말해 달라.
무엇이 자신의 연약한 아름다움을 느끼게 해주었는가를.

당신에게 춤추는 법을 가르쳐 준 그 장소들로
나를 데려가 달라.
세상이 당신의 가슴을 부수려고 했던 그 위험한 장소들로.
그러면 나는 내 발 아래 대지와 머리 위 별들이
내 가슴을 다시 온전하게 만들어 준 장소들로
당신을 데려가리라.

함께 나누는 고독의 긴 순간들 속에 내 옆에 앉으라.

우리의 어쩔 수 없는 홀로 있음과
또한 거부할 수 없는 함께 있음으로.
침묵 속에서, 그리고 날마다 나누는 작은 말들 속에서
나와 함께 춤을 추라.

우리 모두를 존재 속으로 내쉬는 위대한 들숨과
그 영원한 정지 속에서
나와 함께 춤을 추라.
그 공허감을 바깥의 어떤 것으로도 채우지 말고
다만 내 손을 잡고, 나와 함께 춤을 추라.

---

오리아 마운틴 드리머

# 삶을 하나의 무늬로 바라보라

류시화

삶을 하나의 무늬로 바라보라.
행복과 고통은
다른 세세한 사건들과 섞여들어
정교한 무늬를 이루고
시련도 그 무늬를 더해 주는 색깔이 된다.

그리하여 마지막 순간이 다가왔을 때 우리는
그 무늬의 완성을 기뻐하게 되는 것이다.
— 영화 〈아메리칸 퀼트〉 중에서

문학에의 열정을 지닌 한 젊은 교사가 시골 학교로 새로 전근을 왔다. 그는 시가 무엇인지도 모르는 어린 학생들에게 의무적으로 시 한 편씩을 써내게 했고, 그중에서 한 아이의 시를 최고의 작품으로 뽑았다. 그리고 그 아이를 불러 반드시 시인이 되어야 한다고 진지하게 말했다. 다른 일상사들에 묻혀 그 일은 곧 잊혀졌지만, 소년의 마음은, 연금술을 거친 금속처럼, 되돌이킬 수 없는 변화를 겪었다. 내가 열 살 때의 일이었다.

그때 나는 처음으로 시의 세계가 존재한다는 것을 알게 되었고,

아무도 눈치 채지 못하는 사이에 나만의 신비의 공간을 갖게 되었다. 그것은 아이들과 놀 때나 식구들과 함께 있을 때는 잘 드러나지 않지만, 내가 혼자 뒷산이나 마을 앞 강으로 걸어나가면 갑자기 존재를 드러내는 그런 내면 세계였다. 강에 자란 휘어진 풀들, 수면에 비친 영혼, 서리 내린 들판, 작고 흰 돌멩이, 무덤가에 죽어 있는 풀벌레 등이 내게 무엇인가 말을 걸어왔다. 하지만 그것들은 일상적인 언어로 옮기는 순간, 본래의 색채를 잃고 퇴색하곤 했다.

신비주의를 뜻하는 '미스티시즘'은 고대 희랍어인 '미스테스'에서 온 단어로, '입을 닫고 비밀을 지킨다'는 뜻이다. 일부러 입을 닫고 말을 하지 않는 것이 아니라, 자기의 선택과 상관없이 말을 할 수 없게 되는 것, 그것이 곧 신비다. 존재를 압도하는 경험이 언어적인 표현을 무의미하게 만들어 버리는 것이다.

시인에게 이 신비에의 체험은 더없이 중요한 일이다. 시는 영혼과 세상을 연결해 준다. 그리고 그곳에서 인간이 서 있는 자리를 재확인시켜 준다. 시드니 레베트는 썼다.

매 순간
인간의 손으로 지어지지 않은 것들을
유심히 바라보라.

하나의 산, 하나의 별
구불거리는 강줄기
그곳에서 지혜와 인내가
너에게 찾아오리니
그리고 무엇보다 이 세상에

혼자가 아니라는 확신이.

시는 인간 영혼의 자연스런 목소리다. 그 영혼의 목소리는 속삭이고, 노래한다. 그 목소리를 듣기 위해서는 잠시 멈추고 귀를 기울여야 한다. '삶을 멈추고 듣는 것'이 곧 시다. 시는 인간 영혼으로 하여금 말하게 한다. 그 상처와 깨달음을. 그것이 시가 가진 치유의 힘이다.

우리의 육체적인 존재가 영적인 체험을 하는 것이 아니라, 사실 우리는 영적인 존재이며 이 지구 차원에서 육체적인 체험을 하고 있는 것이다. 이 삶은 영혼 여행의 일부다. 흔히들 시를 감상적인 문학 장르로 치부하지만, 시는 감상이 아니라 이 불가사의한 삶에 대해 인간의 가슴에 던지는 질문이다. 시는 진정한 삶을 살도록 자극한다. 아랍계 미국 시인 나오미 쉬하브 니예는 '너무 늦기 전에 자신의 삶을 살라'고 충고하고 있다.

한 장의 잎사귀처럼 걸어다니라.
당신이 언제라도 떨어져내릴 수 있음을 기억하라.
자신의 시간을 갖고
무엇을 할 것인가를 결정하라.

처음 시를 쓰기 시작했을 때, 나는 내가 사용한 언어들이 '다른 어떤 장소'에서 온 언어라는 것을 깨달았다. 그 언어들은 내가, 그리고 사람들이 주위에서 늘 쓰는 그런 언어가 아니었다. 훗날 나는 그것이 영혼의 목소리임을 알아차렸다.

그 이듬해 겨울, 나는 몸이 몹시 아팠다. 작은 시골이라서 엄마 등에 업혀 마을에 한 명밖에 없는 공중 보건의에게 가서 가끔 주사

한 대를 맞는 것이 치료의 전부였다. 머리가 허연 그 늙은 의사는 술을 너무 좋아해 코가 빨간 사람이었다. 겨울 내내 밥도 제대로 먹지 못하고 방 안에 누워 시름시름 앓던 나는, 어느 날 방문을 열고 바깥을 내다보았는데 봄빛이 완연했다. 간신히 몸을 일으켜 마당으로 내려가 화단의 흙을 살살 파보았더니 연초록 싹들이 흙을 밀치며 일제히 올라오고 있었다. 다시 방 안으로 돌아온 나는 엎드려 '봄'에 대한 시를 썼다. 그리고 곧 병이 나았다. 시를 쓰면서 나는 내 자신이 치유되고 있음을 느낄 수가 있었다.

때로 우리는 삶 그 자체이면서, 동시에 삶에 상처받는 사람들이다. 상처로 마음을 닫는다면, 그것은 상처 준 이만이 아니라, 세상 전체와의 단절을 의미한다. 삶과의 단절이고, 고립이다. 고립은 서서히 영혼을 시들게 한다.

5백 년 전 북인도 바라나시 갠지스 강변에 살았던 시인 까비르는 '죽기 전에 아무리 많은 책을 읽을지라도 이 한 단어를 알지 못하면 그는 아직 진정한 인간이 아니다. 그 단어는 사랑이다'라고 말했다. 까비르는 '살아 있는 동안 손님을 맞이하라'고 말한다. 그 손님은 신, 진리로 바꿔 읽어도 되지만, 다름 아닌 '나 자신'이다. 노벨 문학상 수상자인 카리브 해의 시인 데렉 월코트는 〈사랑이 끝난 뒤의 사랑〉에서 이렇게 말한다.

너는, 너 자신의 집 문 앞에 도착한
너 자신을 맞이하게 되리라.
그리고 두 사람은
미소 지으며 서로를 맞아들일 것이다.

'그에게 들어와 앉으라고 말하라'고 데렉 월코트는 쓰고 있다. 음식을 대접하고 편히 쉬게 하라고. 그리고 함께 춤을 추라고. 이 시집 첫머리에 오리아 마운틴 드리머의 〈초대〉를 실은 것도 그 이유에서다. 그리고 그의 시 〈춤〉으로 시집을 끝맺은 것도. 상처받은 자신을 초대하라. 그리고 함께 춤추라. 그것이 치유이니까.

손을 내미는 것은 단지 친절한 행위만이 아니다. 손은 치료의 힘을 갖고 있다. 잡는 손과 내미는 손 모두를. 얼음을 만질 때 우리 손에 느껴지는 것은 다름 아닌 불이다. 아파하는 자기 자신에게 손을 내밀라. 그리고 그 얼음과 불을 동시에 만지라.

미국 시인 메리 올리버는 '시작 수첩'에다 적었다.

'시는 단어들이 아니라 추위를 녹이는 불, 길 잃은 자를 안내하는 밧줄, 배고픈 자를 위한 빵이다.'

시는 빵과 같고, 향기로운 차와 같아서 모두가 그것을 나눌 수 있다. 이 시집을 엮은 이유가 거기에 있다. 수피의 성자 하즈라트 이나야트 칸은 '인간의 가슴은 돌과 같으며, 그것은 다른 돌에 의해서만 깨어질 수 있다'고 말했다.

폴란드 시인 안나 스비르는 연인을 만나러 가던 도중에 길에서 한 거지 여인을 지나치게 되었다. 시인은 걸음을 멈추고 그녀에게로 다가갔다.

'나는 그녀의 손을 잡고／그녀의 볼에 입맞춤을 했으며／우리는 얘기를 나눴다／그 순간 나는 알아차렸다／그녀가 내면에서는 나와 조금도 다르지 않다는 것을／개가 냄새로 다른 개를 알아보듯이.'

스비르는 그 늙은 여인과 헤어질 수가 없었고, 빗속에서 그녀에 대한 깊은 사랑을 느꼈다. 그리고 깨달았다. 애인이 기다리고 있는 곳에 더 이상 갈 이유가 없다는 것을. 이것이 불교에서 말하는 보리심의 깨어남이다. 모든 존재 속에 자연히 존재하는 자비의 마음인 것이다. 자비의 어원은 '함께 상처를 나눈다'는 뜻이다.

티베트의 전통적인 수행법 통렌은 그런 자비심의 극치를 보여 준다. 수행자는 깊은 숨을 들이쉬면서 세상의 고통과 불행과 부정적인 요소들을 다 자기 안으로 흡수한다고 상상한다. 그리하여 모두가 고통에서 해방될 수 있기를 염원한다. 그리고 숨을 내쉬면서 온정과 자비와 빛 에너지를 세상에 내보낸다고 상상하는 것이다. 시를 읽고 쓰는 행위는 바로 이 통렌과 같다.

상처는 치유될 수 있다. 왜냐하면 상처받는 것은 영혼이 아니라 감정이기 때문이다. 영혼은 상처받지 않는다. 우리의 영혼, 존재는 더 큰 세계와 연결되어 있기 때문이다. 힌두교도들은 영혼을 '가슴 안의 가슴'이라고 표현한다.

어린 시절이 지나고, 내가 진지하게 시를 쓸 생각을 하게 된 것은 열여덟 살 때 릴케의 〈젊은 시인에게 보내는 편지〉를 읽고 나서였다. 나는 밤을 꼬박 새우며 그 책을 다 읽었고, 새벽이 밝아왔을 때 시인의 삶이 내 앞에 놓여 있는 것을 보았다. 그리고 어떤 두려움도 뒤돌아봄도 없이 그 길을 걸어가기로 결심했다. 시의 사원, 그 사원의 사제는 시인들이다. 수없이 상처받아 본. 다시 말해 시인은 상처받은 치유자이다. 릴케는 젊은 시인에게 일깨우고 있다.

마음속의 풀리지 않는 모든 문제들에 대해 인내심을 가지라.
문제 그 자체를 사랑하라.
지금 당장 해답을 얻으려 하지 말라.
그건 지금 당장 주어질 순 없으니까.
중요한 건 모든 것을 살아 보는 일이다.
지금 그 문제들을 살라.
그러면 언젠가 먼 미래에, 자신도 알지 못하는 사이에
삶이 너에게 해답을 가져다줄 테니까.

이 시집에 실린 시들은 한결같이 삶은 생존하는 것 이상임을 일깨우고 있다. 좋은 시는 치유의 힘, 재생의 역할을 한다. 그리고 과연 내가 원하는 삶을 살고 있는가 자문하게 한다. 좋은 시는 어느 날 문득 자신과 세상을 보는 방식을 새롭게 한다. 오랜 '가짜의 삶' 끝에 메이 사턴은 '진짜 자기 얼굴을 찾은' 일을 말하고 있다.

나 이제 내가 되었네.
여러 해 여러 곳을 돌아다니느라
시간이 많이 걸렸네.
나는 이리저리 흔들리고 녹아 없어져
다른 사람의 얼굴을 하고 있었네.

회교 시인 잘랄루딘 루미는 인간이라는 존재를 '게스트하우스(여인숙)'에 비유했지만, 나는 그것을 다른 식으로 표현한다. '인간이라는 존재는 가슴속에 불을 지니고 걸어다니는 존재'라고. 그리고 그 불은 꺼진 듯 보이지만 결코 꺼지지 않는다. 아무리 많은 재가 겉을 에워싸고 있을지라도. 스페인의 시인 안토니오 마차도가 그것을 증명한다.

불이 꺼진 줄 알고
재를 뒤적이다가, 그만
손가락을 데었네.

가슴이 원하는 것이 무엇인지 모른다고 당신은 말할지 모른다. 자신의 삶이 갈망하는 것이 무엇인지 잊어버렸다고. 어떤 것을 너무 오래전에 잃어버려서 그것을 잃어버렸는지조차 모르게 된 것이

다. 삶이 어디서 정지해 버렸을까, 그것조차 모르고 있다. 정지해
버린 삶이라니, 어디선지도 모르게!

상처와 슬픔으로 날기를 잊어버린 새가 되지 말라. 죽음에 이르러
자신이 원했지만 살지 못한 삶을 슬퍼하는 대신, 자신이 살아온
삶이 자신의 삶이 아니었음을 깨닫는 대신……. '당신은 겨우 조
금씩 숨을 쉬고 있으면서 그것을 삶이라고 부르는가?' 하고 메리
올리버는 묻고 있다. 그리고 마가렛 생스터의 시는 지적한다.

　당신이 하는 것이 문제가 아니다.
　당신이 하지 않고 남겨 두는 것이 문제다.
　해질 무렵 당신의 마음을 아프게 하는 것이 바로 그것이다.

자신이 어디에 서 있는가를 보는 눈은 감상적인 눈이 아니라 불처
럼 타오르는 눈이어야 한다. 모든 비본질적인 것과 불순물들을 다
태워 버리는. 미구엘 드 우나무노는 '슬픔의 습관을 떨쳐 버리라/
그리고 그대의 영혼을 회복하라' 고 말하고 있다.

시가 기적의 치유제는 아니지만, 읽는 이의 영혼의 심층부에 가닿
는다. 그 영혼은 삶에서 받은 상처로 위축되고 떨고 있지만, 상처
받는 일 때문에 사랑을 포기할 만큼 어리석지 않다. 캘리포니아
출신의 시인으로 젊은 시절 선원에서 몇 년을 보내기도 한 제인
허쉬필드의 시가 그것을 말하고 있다.

　내 자신을 온전히 맡기고 싶다.
　사흘 동안 잠시의 중단도 없이
　불타고 불타는
　이 단풍나무에게.

그리고 떨어지면서도 이틀 동안 더 불타는.

삶의 비밀을 흘끗이라도 들여다본 시인은 말한다. 세상의 다른 모든 것들을 포기하라고. 당신이 진정으로 소속된 그 하나만을 제외하고.

이 삶 속에 태어났다면, 당신은 거친 세파를 견딜 각오를 해야만 한다. 온갖 불필요한 충고와 소음을 들을 각오를 해야만 한다. 수많은 병고와 사건이 밀려오리라. 그것이 삶이다. 하지만 더불어 자신의 존재를 지켜낼 만반의 준비도 해야만 한다. 그리고 사랑이 당신을 정화하리라는 것도. 사랑은 '당신은 누구예요?' 하고 물을 때 '나는 당신입니다'라고 대답해야 문이 열린다(이븐 하라비).

영혼은 본래 완전한 존재이며, 우리는 다만 이 행성에서 불완전함을 경험하고 있는 것일 뿐이다. 왜인가? 그것이 삶이라는 놀이다. 내가 이 지구에서의 삶의 원리에 대해 처음으로 눈을 뜬 것은 열세 살 때의 일이다. 그때 나는 동네에서 친구들과 장님 놀이를 하고 있었다. 손수건으로 눈을 가리고 더듬거리며 상대방을 찾아가는 놀이였다. 그 놀이 도중에 나는 문득 깨달았다. 우리는 본래 두 눈이 정상인데 이 세상에 장님 놀이를 하러 온 것이라고. 무엇이 장님 놀이인가? 슬퍼하는 것, 아파하는 것, 미워하고 한숨짓고 괴로워하는 것, 그리고 그 놀이의 하이라이트는 심지어 죽기까지 하는 것이다. 술래가 된 나는 두 팔을 앞으로 뻗어 담과 전주와 나무들을 헤쳐가며 다른 아이들을 찾고 있었는데, 문득 어디선가 어떤 목소리가 내게 말하는 것이었다. '넌 장님이 아냐. 네 눈은 완전해.'라고. 레너드 제이콥슨은 썼다.

일찍 도착하려고 서둘지 말라.

그곳에 도착하면 무엇을 하려는가.

당신이 도착하는 순간 놀이는 끝난다.

해결해야 할 문제는 하나도 없다.

심각하게 받아들일 연극은 하나도 없다.

심지어 탄생과 죽음이라는 연극조차도.

조셉 캠벨은 〈운명의 수레바퀴〉에서 말한다.

이 바퀴의 테를 잡고 있으면

반드시 올라갈 때와

내려갈 때가 있다.

하지만 굴대를 잡고 있으면

늘 같은 자리,

중심에 있게 된다.

바샤르는 〈가슴 뛰는 삶을 살아라〉에서 지구에 사는 사람들을 '한계의 제왕'이라고 설명한다. 이 행성에는 다른 별에는 없는 수많은 제약과 한계가 있다는 것이다. 공간, 시간, 이별, 실패, 죽음, 육체 등 이토록 많은 한계 속에서 사는 삶을 체험하기 위해 우리는 이 행성에 태어난 것이다.

생을 다 보낸 뒤, 어느 날 우리는 '육체라는 이 이상한 옷'을 벗어던진 우리 자신을 발견하게 될 것이다. 옷깃이 해지고 단추가 떨어져 나간……. 당신이 아직 젊다면 이 진실을 가슴에 새겨야 할 것이다. 삶이 당신이 원하는 대로 흘러가지는 않을 것이라고. 또한 세월은 당신의 육체에 흔적을 남길 것이다. 피부는 탄력을 잃고, 허리는 굵어지고, 얼굴 모습도 변할 것이다. 더 딱딱하고 더 고집스럽게. 그리고 만일 당신이 이미 이 현상들을 경험하고 있을 만큼 충분히 나이를 먹었다면 이 진리를 염두에 두어야 할 것이다. 삶에서 일어나는 일들을 받아들여야 한다고.

D.H. 로렌스는 '인간은 어떻게 자신의 영혼을 구원할 수 있는가? 자신의 영혼이 원하는 삶을 사는 일에 의해서만 그것이 가능하다. 중요한 것은 삶을 사는 것, 진정으로 사는 일이다.'라고 말했다.

중고등학교 시절에 나는 교과서에 실린 시들을 누구보다 잘 외웠고 또 그것으로 잘난 체를 했지만, 그것은 시의 이해와는 거리가 먼, 암기력 테스트에 불과했다. 교사들이 분석해 주는 시를 들으면서 나는 어린 마음에도 그것이 시를 곤충처럼 날개를 찢고, 더듬이를 잘게 부수고, 등껍질을 다 벗겨내 마침내 죽게 만드는 행위임을 느꼈다. 훗날 내 손으로 직접 시집을 사들고 와서 혼자만의 방에서 조용히 소리 내어 시를 읽었을 때, 비로소 시는 '나에게로 와서 하나의 의미'가 되었다.

'시는 인간의 목소리를 위해 씌어진 음악'이라고 마야 앤젤루는 말했다. 시를 읽는다는 것은 시 속으로 들어가 그 시에 의해 감정이 순화되고 변화하는 일이다. 시가 영혼의 양식이라 불리는 이유가 여기에 있다. 알프레드 테니슨의 말처럼 '시인의 명성을 갖는 것보다 시적인 가슴(시심)을 지니는 것'이 훨씬 중요하다.

나는 생의 많은 시간들을 먼 지역을 여행하며 보냈다. 그중에서도 가장 행복한 여행은 시의 세계로의 여행이었다고 말할 수 있다. 그곳에서는 내가 현실에서 느끼는 낯설음, 내가 태어난 나라에서조차 갖는 이방인 같은 느낌들이 필요 없었다. 그 대신 오히려 내가 살아가고 있는 삶이 잘못되지 않았다는 확신을 얻을 수 있었다.

내가 엮은 잠언 시집 〈지금 알고 있는 걸 그때도 알았더라면〉에 이어 이 시집은 또 한 번의 시에의 초대이다. 여기에 실린 시들 역시 슬픔을 이겨 내기 위해 포기나 망각이 아닌 초월을 권유한다. 그리고 초월에 이르는 길은 먼저 그것을 충분히 사는 일이라고 말한다. 슬픔이든 기쁨이든 그것을 하나의 손님으로 맞아들이라고. 비슬라바 쉼보르스카가 썼듯이 삶에 '두 번 일어나는 것은 하나도 없고/일어나지도 않는다. 그런 까닭으로/우리는 연습 없이 태어나 실습 없이 죽는다./어떤 하루도 되풀이되지 않고/서로 닮은 두 밤도 없다./같은 두 번의 입맞춤도 없고/하나 같은 두 눈맞춤도 없다.'

오늘날 정치인과 매스컴과 온갖 광고 매체들에 의해 언어가 오염되고 본래의 의미로부터 멀어졌지만, 시는 여전히 가장 정직하고 순수한 언어로 남아 있다. 시를 잃는다면 우리는 언어의 거의 모든 것을 잃는 것이다. 당신이 단 한 편의 시라도 외운다면 그것은 어느 순간에라도 당신을 순수한 존재의 세계로 데려다 줄 것이다. 당신이 얼마 동안 삶을 살았는가에 상관없이, 나는 이 시집에 실린 시들이 당신의 가슴에 가닿으리라고 믿는다. 당신이 나보다 어리다면, 이 시들은 당신에게 영혼의 방향과 삶의 지혜를 선물할 것이다. 그리고 만일 당신이 나보다 한 살이라도 더 많다면, 더 절실하게 어떤 시들이 당신의 지나온 생에 울려 올 것이다.

이 시들은 내가 수십 번씩 소리 내어 읽은 시들이다. 나는 당신이 시간을 내어 이 시들을 친구에게, 연인에게 읽어 주기를 바란다. 그리고 무엇보다 자기 자신에게. 그것은 놀라운 치유의 힘을 발휘할 것이다. 우리가 우리 자신에게 읽어 줘야 할 것은 결국 시가 아닌가. 삶의 시…….

이 시집이 당신 안에 있는 사랑을 일깨우고 깊어지게 하기를 나는 바란다. 당신 자신을 사랑하고, 삶을 사랑하고, 타인과 세상을 사

랑하기를. 이 시집뿐 아니라 결국 모든 책의 저자가 바라는 것이 그것
이리라. 끝으로 당신에게 들려주는 시는 메리 올리버의 〈기러기〉이다.

당신이 꼭 좋은 사람이 되어야만 하는 것은 아니다.
참회를 하며 무릎으로 기어 사막을 통과해야만 하는 것도 아니다.
다만 당신 육체 안에 있는 그 연약한 동물이 원하는 것을
할 수 있게 하라.
내게 당신의 상처에 대해 말하라, 그러면
나의 상처에 대해 말하리라.
그러는 사이에도 세상은 돌아간다.
그러는 사이에도 태양과 비는
풍경을 가로질러 지나간다. 풀밭과 우거진 나무들 위로
산과 강 위로.
당신이 누구이든, 얼마나 외롭든
매 순간 세상은 당신을 초대하고 있다. ⬎

# 시인들

〜

## 오리아 마운틴 드리머

캐나다 온타리오 출신의 시인이며 명상 교사로, 오프라 윈프리 토크 쇼, PBS, 위즈덤 네트워크 등의 텔레비전과 라디오에 출연해 영적 성장에 대한 강의를 했다. 함께 생활한 인디언 어른들로부터 지금의 이름을 받았다. 그녀의 대표작 〈초대〉와 〈춤〉은 자전적인 경험을 바탕으로 한 작품이며, 여러 시 모음집에 실렸다. 현재 캐나다 토론토에 살고 있다. *The Invitation, The Dance* ⓒ *Oriah Mountain Dreamer*

## 잘랄루딘 루미

아랍이 낳은 천재 시인이며 마울라위 수피(회전춤을 추는 수도승) 교단의 창시자. 1207년 아프가니스탄 발크에서 태어났으나 몽고족의 침입으로 터키의 코냐 지방으로 옮겨가 정착했다. 젊은 시절에 이미 대학자의 위치에 올랐으나, 37세에 방랑하는 영적 스승 샴스에 타브리즈를 만나 존재의 혁명을 체험하고는 신비주의 시인으로 변신했다. 수천 편에 이르는 시를 남기고 1273년 세상을 떠났다.

## 헤르만 헤세

1877-1962. 독일의 시인이며 소설가. 〈데미안〉〈나르시스와 골드문트〉〈유리알 유희〉 등 정신과 자연, 육체와 영혼, 사회의 굴레에서 벗어난 개인의 영적 탐구를 주제로 감동적인 작품들을 탄생시켰으며, 1946년 노벨 문학상을 수상했다. 1911년 인도를 여행한 뒤 〈동방기행〉을 썼고, 그것이 계기가 되어 동양 종교와 사상에 심취하게 되었으며, 그것은 〈싯다르타〉라는 대표작으로 이어졌다. *Stufen* ⓒ *Hermann Hesse*

## 알프레드 디 수자

다음과 같은 인용구로 널리 알려져 있다. '오랫동안 나는 이제 곧 진정한 삶이 시작될 것이라 믿었다. 하지만 내 앞에는 언제나 온갖 방해물들과 급하게 해치워야 할 사소한 일들이 있었다. 마무리되지 않은 일과 갚아야 할 빚이 있었다. 이런 것들을 모두 끝내고 나면 진정한 삶이 펼쳐질 것이라고 나는 믿었다. 그러나 결국 나는 깨닫게 되었다. 그런 방해물들과 사소한 일들이 바로 내 삶이었다는 것을.' ⓒ *Alfred de Souza*

## 라빈드라나트 타고르

1861-1941. 동인도 캘커타 출신의 시인이자 극작가, 작곡가, 철학자. 1909년에 영어로 출간한 〈기탄잘리〉로 1913년 동양인 최초로 노벨 문학상을 수상한 뒤 전세계를 여행하

면서 동양과 서양의 문화를 잇는 가교 역할을 했다. 그가 작사, 작곡한 〈자나 가나 마나〉
는 인도의 국가가 되었으며, 인도 문화사에 있어서 가장 중요한 인물로 꼽힌다. 묻혀져
있던 까비르의 시 100편을 영역해 최초로 서양에 소개했다.

## 김남기

1961년 충북 제천 출생. 총회 신학교를 졸업하고, 그리스도의 가르침을 실천하며 생활하
고 있다. 〈그때 왜〉〈행복한 사람〉〈너는 왜〉〈우리가 잊고 있는 것들〉을 비롯해 여러 편
의 미발표 시를 썼다. *그때 왜*ⓒ 김남기

## 장 루슬로

1913년 프랑스 남부 뿌와티에 출생의 시인이며 소설가. 부모를 잃은 뒤 15세부터 스스로
생계비를 벌어야 했지만 33세에 이르러 글쓰기에 전념하기 위해 직장을 그만두었다. 아
카데미 프랑세즈와 라 빌 드 파리에서 수여하는 문학 부문 대상을 수상했으며, 시집 〈존
재의 힘〉〈존재함을 잊지 않기 위해〉〈계속되는 공연〉, 소설 〈피의 꽃〉, 에세이집 〈언어의
죽음 또는 생존〉을 발표했다. *Le cur trop petit, Autres Conseils*ⓒ *Jean Rousselot*

## 쉴리 프뤼돔

1901년 최초의 노벨 문학상 수상자. 1839년 프랑스 출신이며, 점원의 아들로 태어나 과
학자가 되기를 원했지만 시력에 문제가 있어 포기했다. 실연의 경험을 바탕으로 자신의
감정을 그대로 드러내는 감상적인 시들을 쓰기 시작했다. 그러나 이후 절제와 객관성, 정
확한 묘사 등을 추구하는 시 운동 파르나시앙(고답파)의 영향을 받아 서정성을 탈피해
철학적인 사상을 표현하는 시를 썼다.

## 매들린 브리지스

1844-1920. 스페인계 미국 시인. 본명은 메리 엥게 드 베레. 〈당신과 나〉〈슬픈 봄〉〈죽음
뒤의 잠〉〈처음과 끝〉 등의 시를 발표했다.

## 요시노 히로시

1926년 야마가타 현 사카타 시에서 출생. 고등학교 졸업 후 징병 검사를 받았지만 입대
전에 세계대전이 끝났다. 노동 운동에 전념하던 중 1949년 과로와 폐결핵으로 3년간 요
양했다. 1953년 동인지 〈노櫂〉에 참여. 1962년 회사를 그만두고 시 쓰는 일에 몰두하기
시작했다. 시화집 〈10와트의 태양〉과 시집 〈요시노 히로시 시집〉, 수필집 〈유동시점〉〈시
의 즐거움〉 등 많은 작품이 있다. *生命は*ⓒ*吉野弘*

## 클라크 무스타카스

인문학 연구 센터 대표. 아이들과 가족을 위한 치료 요법에 관심을 가진 무스타카스는 심

리 요법, 관계 치료 요법 등과 관련해 새로운 연구 방법을 발전시키는 일에 많은 기여를 했다. 개인적인 여러 경험들을 바탕으로 〈고독〉〈고독과 사랑〉 등의 저서를 펴냈다.

## 메리 올리버

미국에서 가장 사랑받는 현대 시인 중 하나. 비평가들은 그녀를 '에머슨만큼 풍부한 상상력을 가진' 시인이라고 평한다. 1935년 미국 오하이오 주 출생. 초기 작품에는 자유분방한 보헤미안적인 감성을 가진 노벨 문학상 수상 작가 빈센트 밀레이의 영향이 드러나 있다. 최근 작품으로는 〈나뭇잎과 구름〉〈우리는 무엇을 알고 있는가〉 등이 있으며 현재 매사추세츠 주 베닝턴 대학의 교수로 재직 중이다. 시집 〈태초의 아메리카〉로 1984년 퓰리처 상을 수상했다. *When Death Comes, The Journey* ⓒ *Mary Oliver*

## 오마르 카이얌

11세기 페르시아 시인, 수학자, 철학자, 천문학자. 그의 대표작 〈루바이야트〉는 수백 편에 이르는 4행시들로 이루어져 있으며, 15세기경에 씌어져 전세계 다양한 언어로 번역되었다. 이 작품은 1859년 에드워드 피츠제럴드의 영문 번역이 유럽에 알려지면서 세계 문학사에서 중요한 위치를 차지하게 되었다.

## 데이비드 웨이고너

1926년 미국 오하이오 주에서 태어난 시인이며 소설가. 30년 동안 9편의 장편 소설과 11권의 시집을 엮어 낸 다작 작가다. 시 모음집 〈부서진 나라〉는 1980년 미국 북 어워드 후보작에 오르기도 했다. 1966년부터 지금까지 한결같이 '미 북서부 시문학' 지의 편집장으로 지내오고 있다. *The Silence of the Stars* ⓒ *David Wagoner*

## 루디야드 키플링

〈정글북〉으로 유명한 영국 작가 키플링은 1865년 인도 뭄바이에서 태어났다. 다섯 살 때 영국으로 보내져 외로운 어린 시절을 보냈으며, 일찍이 가족과 떨어져 지낸 경험은 글쓰기에 큰 영향을 미쳤다. 인도와 영국을 오가며 시와 단편 소설 등을 썼다. 젊은 나이에 명성을 얻어 순탄한 삶을 살던 그는 아들의 죽음을 맞아 인생의 큰 변화를 겪었다. 1차 세계대전에서 다른 한 명의 아들마저 잃었지만 계속해서 글을 썼고, 훌륭한 전후 소설들이 이때 탄생했다. 인도를 무대로 소설 〈킴〉을 썼으며, 1907년 노벨 문학상을 수상했다.

## 비슬라바 쉼보르스카

1996년 노벨 문학상 수상자. 인간 개개인의 독특함과 고유성을 강조하는 그녀의 시는 절묘한 반어적 표현을 통해 보편적인 주제를 간결하게 풀어낸다. 1923년 폴란드에서 태어나 〈언어를 찾다〉라는 작품으로 등단했다. 스웨덴 한림원은 '그녀의 시는 정교하게 깎여 있으면서도 매너리즘으로부터 자유롭다'고 평가했다. 16권의 시집을 냈으며 영국, 독일, 스웨덴, 이탈리아, 헝가리 등 다양한 나라에서 번역되었다. 현대시의 모차르트라 불린다. 1931년부터 폴란드의 옛 수도 크라코브에서 살고 있다. *Love at First Sight, The Possibilities* ⓒ *Wislawa Szymborska*

## 이문재

1959년 경기도 김포에서 태어나 경희대학교 국문과를 졸업했다. 1982년 시운동 지에 시를 발표하며 작품 활동을 시작했다. 김달진 문학상, 시와 시학 젊은 시인상, 소월시 문학상을 수상했다. 시집으로 〈내 젖은 구두 벗어 해에게 보여줄 때〉〈산책시편〉〈마음의 오지〉〈제국 호텔〉, 산문집 〈내가 만난 시와 시인〉이 있다. 농담ⓒ 이문재

## 오르텅스 블루

본명은 프랑수아즈 바랑 나지르. 정신 병원에서 요양 중일 때 쓴 〈사막〉이라는 시로 파리 지하철 공사에서 주최한 시 공모전에서 대상을 받았다. 25년 전 첫사랑에 실패한 후 정신 발작을 일으켜 병원에서 몇 년간 요양 생활을 했다. 퇴원 후 안정을 되찾은 그녀는 영화관에서 일을 하다 방글라데시 인 남편을 만났다. 아들을 낳고 정상적인 생활을 하던 중 정신병이 다시 도져 이혼을 했다. 하지만 건강도 좋지 않은 데다 따로 기거할 곳이 없어 그녀는 현재 다시 전 남편과 아들과 함께 살고 있다. *Désert* ⓒ *Hortense Vlou*

## 윌리엄 스탠리 머윈

미국 출신의 시인이자 번역가. 1927년 뉴욕에서 태어났다. 〈강의 소리〉를 포함해 15권이 넘는 자작 시집을 냈고, 다수의 수상 경력이 있다. 그의 시는 정교하게 다듬어진 문체를 통해 감정의 절제와 거리감, 서글픔 등을 잘 표현하고 있다고 평가 받는다. 프랑스, 포르투갈, 마조르카 등 세계 여러 곳에서 살았으며, 지금은 하와이 제도의 마우이 섬에서 희귀 야자수를 기르며 지내고 있다. *Separation* ⓒ *W.S. Merwin*, 1960

## 레너드 코헨

1934년 캐나다 몬트리올 출생. 60년대 후반, 가장 꾸준히 활동한 싱어송 라이터이다. 하지만 본격적으로 콘서트를 열고 음반을 내기 시작한 것은 30대 중반부터이며, 그 전에는 대학에서 영문학을 전공하고 1956년 첫 시집을 내며 작가로 명성을 얻었다. 주디 콜린스의 앨범에 실린 그의 노래 〈수잔〉이 히트한 것을 계기로 팝계로 전향했다. 70년대 중반에는 그리스의 섬에 살면서 문필 활동과 작곡을 함께했으며, 87년 〈아임 유어 맨〉을 발표했다. 현재는 미국 캘리포니아에 살고 있다. *The Only Poem* ⓒ *Leonard Cohen*

## 체리 카터 스코트

미국 출신의 작가이자 상담사, 강사. 1974년부터 카운슬러로 활동해 오고 있다. 전세계

수백만 명의 사람들의 삶에 영향을 준 Motivation Management Service(MMS) 회사를 운영 중이다. AMI 보험, IBM 컴퓨터 사, 아메리칸 익스프레스, 버거킹 등 여러 기업체를 회원사로 두고 있다. 〈인생이 하나의 놀이라면, 이것이 그 규칙이다〉라는 책으로 뉴욕 타임즈 선정 베스트셀러 1위에 올랐으며, 전세계 400개가 넘는 텔레비전과 라디오 프로그램에 출연했다. *Rules for Human Being* ⓒ *Cherie Carter-Scott*

## 이누이트 족

에스키모라는 이름으로 더 잘 알려져 있으나 이는 백인들이 '날고기를 먹는 사람'이라는 의미로 비하해서 붙인 이름이며 올바른 명칭이 아니다. 그들 스스로는 '사람'이라는 뜻의 이누이트라고 일컫는다. 세계에서 가장 넓은 지역에 분포되어 있는 종족으로 수백 편의 기도문과 노래를 간직하고서 원주민의 전통 생활 방식을 이어가고 있다.

## 제임스 테이트

1943년 미국 미주리 주 캔자스에서 태어났다. 12권의 시집을 냈으며 첫번째 시집 〈잃어버린 비행사〉는 1967년 예일 대학교에서 개최하는 젊은 시인상에 선정됐다. 1992년에는 퓰리처 상을 수상했고, 그 밖에도 여러 수상 경력을 갖고 있다. 캘리포니아 대학과 콜롬비아 대학에서 시를 가르친 적이 있으며, 1971년부터 매사추세츠 대학 교수로 재직 중이다. *Man with wooden leg escapes prison* ⓒ *James Tate*

## 아사하라 사이치

1850-1932. 불교 정토종에 철저히 귀의한 일반인을 일컫는 일본 전통의 '묘코닌'(민중 속에서 태어난 성인)으로 불린다. 11세부터 목수 일을 배워 나막신 직공이 되었다. 아버지의 죽음을 계기로 종교와 구도에 뜻을 두게 되었으며, 일을 하면서 자연스럽게 입에 맴도는 시구들을 나무토막 등에 적어 놓고 몇 번이나 되새기면서 완성한 시들이 많다. 1913년 가을부터 1932년까지 18년이 넘는 기간 동안 꾸준히 쓴 일기에는 약 1만 편에 달하는 자작시가 들어 있다.

## 장 가방

1904년, 파리의 카페에서 가수로 활동하던 어머니와 잡지사에서 일하던 아버지 사이에서 태어났다. 시멘트공과 점원, 신문 판매 등 여러 가지 일을 전전하던 그는 군 생활을 마친 후, 노래 투어를 했다. 그것을 시작으로 물랑루즈에서 가수 활동을 하다가 〈지하실의 멜로디〉〈대가족〉〈도미니치 사건〉 등의 영화에 출연해 장 폴 벨몽도, 알랭 들롱과 함께 프랑스 국민 배우로 확고한 자리를 잡았다. 40년간 배우로 활동하던 그는 1974년 장 룹 다바디의 가사에 필립 그린이 곡을 붙인 〈이제 난 안다〉라는 노래를 녹음해 큰 성공을 거두었다. *Maintenant je sais* ⓒ *Jean Gabin*

## 조지프 애디슨

1672-1719. 영국의 문필가, 시인이자 정치가. 무엇보다 자신이 창간한 간행물 〈구경꾼〉에 글을 실어 문필가로서 널리 이름을 떨쳤다. 그는 다소 풍자적인 문체로 상인들과 사업가들로 이루어진 영국의 중산층을 깨우치고자 했다.

## 월터 새비지 랜더

1775-1864. 영국의 문필가이자 낭만파 시인. 여러 권의 산문집을 펴냈으며, 짧은 시들을 많이 썼다. 그는 일생 동안 운명처럼 잦은 사건과 싸움에 휘말렸지만, 그의 시들엔 열정적이고도 근원적인 인간의 그리움이 흐르고 있다.

## 이시카와 다쿠보쿠

1886-1912. 일본의 국민 시인. 중학교 시절부터 시를 쓰기 시작해 16세에 학교를 중퇴하고, 18세에 첫 시집 〈동경〉을 출간했다. 소학교 교사, 편집자, 임시 공무원, 신문 기자 등을 지냈으나 강한 자부심 때문에 극심한 생활고를 겪어야 했다. 아내가 딸을 데리고 가출한 후 비평집 〈먹어야 할 시〉를 발표했다. 결핵으로 사망할 당시에는 문단에서 전혀 주목받지 못한 시인이었지만, 죽은 해 6월에 간행된 〈슬픈 장난감〉이 호평을 받으면서 그 전에 출간된 〈한줌의 모래〉와 함께 불후의 시인이라는 명성을 얻게 되었다.

## 지두 크리슈나무르티

1895년 남인도 최고 계급인 바라문 가문에서 태어났다. 일찍이 인류의 메시아로 지목되어 15세 되던 해 영국으로 건너가 10여 년간 세계적인 스승이 되도록 교육 받았다. '별의 교단'의 지도자를 지내기도 했지만 교단을 해체하고 모든 조직이나 제약에서 벗어나 전 세계를 돌아다니며 스스로 진리를 설파했다. 〈아는 것으로부터의 자유〉〈자기로부터의 혁명〉 등을 통해 20세기 최고의 영적 스승으로 인정받는 크리슈나무르티는 인간의 정신적 사고의 구조와 본질을 명쾌하게 해명했다는 평가를 받는다. 미국 캘리포니아 주 오하이 밸리의 오렌지 숲에서 생을 마쳤다. *From Darkness to Light ©Jiddu Krishnamurti*

## 헨리 데이빗 소로우

미국의 문필가이자 시인. 1817년 매사추세츠 주 콩코드에서 태어나 하버드 대학 시절부터 평생에 걸쳐 일기를 썼다. 잠시 교사 생활을 하기도 했으나 학생 체벌에 반대해 교직을 그만두었다. 아버지의 연필 공장에서 일하며 사업적으로 성공을 거두기도 했지만 안정된 직업을 갖고 살기를 거부한 채 측량사, 목수, 강사 등 다양한 방식으로 생활을 꾸리며 자신만의 삶을 살았다. 1845년부터 2년 동안 콩코드의 월든 호숫가에 직접 오두막을 짓고 자급자족하며 자연과 더불어 살아간 생활의 기록 〈월든〉으로 잘 알려져 있다. 스코트 니어링, 존 뮤어, 에드워드 애비로 이어지는 미국 자연주의 사상의 선조이다.

### 디트리히 본회퍼

독일의 목사이자 신학자. 1906년 출생. 튀빙겐 대학과 베를린 대학에서 신학을 공부하고 미국 유학 후 목사가 되었다. 베를린 공과대학에 재직 중 나치에 저항하는 자세를 고수하다가 비합법적인 포교 활동을 이유로 교수직을 박탈당했다. 한편 그는 영적인 주제로 시와 소설을 쓰는 작가이자 음악가이기도 했다. 굳건한 종교적 신념과 삶, 국제적으로 인정받는 글들로 차세대 기독교를 이끌 신학자라는 기대를 모았지만, 게슈타포에게 체포되어 1945년 4월 강제수용소에서 처형당했다. 사후에 대표작 〈옥중서간〉이 출간되었다.

### 진계유

1558-1639. 중국 2대 화풍의 하나이자 사대부 문인들을 중심으로 펼쳐진 남종화를 대표하는 인물로, 당시의 화단을 비판하며 독자적인 화풍을 구축했다. 동기창과 함께 명성을 떨쳤으나 29세 때 유생으로서의 삶과 관리가 되고자 하는 뜻을 버리고 산으로 들어가 은둔 생활을 했다. 82세로 생을 마칠 때까지 풍류를 즐기며 자유로운 문필 생활로 일생을 보냈다. 이 시집에 실린 글은 그의 저서 〈안득장자언安得長者言〉의 일부다.

### 가브리엘 꾸장

1918년 뻬르슈 출생. 30세가 되던 1948년부터 글을 쓰기 시작한 가브리엘 꾸장은 시와 문화 체육에 관한 기사들을 함께 쓰다가 1948년 폴 레오토와 클로드 루와의 도움을 받아 첫번째 시집을 출간했다. 그 후 본격적인 창작의 길로 들어서 20여 권의 시집과 14권에 이르는 희곡을 남겼다. 주요 저서로는 〈불을 훔치다〉〈노동자의 삶〉〈평범한 사랑〉 등이 있다. *Impromptu pour un Baptmê* ⓒ*Gabriel Cousin*

### 미구엘 드 우나무노

스페인 작가. 1864년 출생. 산문, 소설, 시, 극본 등 모든 문학 장르를 다루었다. 마드리드 대학에서 언어학과 철학을 공부했으며 형이상학, 정치학, 종교 그리고 여행에 관한 글을 썼다. 1924년 쿠데타 성공으로 스페인에 새 정부가 들어서자 우나무노는 이를 비판하는 글을 수차례 발표한 뒤 홀로 망명길에 올라 국제적으로 주목을 받았다. 1930년 고향으로 돌아와 교수직에 복귀했으나, 프랑코 사령관이 정권을 잡은 뒤 주변의 많은 교수들이 사형당했다. 격분한 우나무노는 대학 소집회의에서 이를 고발했고, 그로 인해 1936년 성탄절 이브에 암살당했다.

### 하드라트 알리

수피즘(이슬람 신비주의)의 아버지로 불리는 하드라트 알리의 정확한 출생 년도는 알려져 있지 않다. 어릴 때부터 사촌인 이슬람의 '신성한 예언자' 손에서 자랐으며 그는 당대 최고의 학자였다. '신성한 예언자'는 자기 자신을 '지식의 도시'라 칭하고 알리를 그곳으로 통하는 '지식의 문'이라고 일컬었다. 하드라트 알리는 최초로 코란 경전을 전부 암기한 사람이며, 철학과 수사학 외에도 논리학, 수학, 천문학, 의학을 두루 섭렵한 뛰어난 시인이었다.

## 켈트 족

B.C. 2000년경부터 유럽 전역에 흩어져 살고 있던 민족. 줄리어스 시저가 갈리아 지방원정 때 전투를 벌인 상대가 바로 켈트 족이다. 이들은 1년을 5월 1일과 11월 1일로 양분했다. 이것은 태양의 운행이나 씨 뿌리는 시기, 또는 수확의 계절과도 일치하지 않지만, 아마도 5월은 식물이 풍성하게 성장하고 여름이 시작되는 시점으로, 11월은 춥고 메마른겨울이 시작되는 시기로 본 듯하다. 앵글로 색슨 족의 박해를 받아 프랑스 북부와 아일랜드 지방으로 이주했으나, 뒤이어 기독교 세력에 의해 부족 고유의 신비 성향이 강한 문화를 잃었다. 유럽의 인디언으로도 불린다.

## 레니타 드리저

1954년 캐나다 밴쿠버에서 태어나, 브리티시 콜롬비아 대학을 중퇴하고 명상 센터에 들어가 20년 동안 공동체 생활을 했다. 그곳에서 자연농법을 배우고 음악 공부를 계속했으며, 40세에 다시 대학으로 돌아가 학업을 마쳤다. 그 이후 미국으로 건너와 서점 직원, 영어 강사 등을 하면서 심리학 석사 과정을 밟았다. 현재 캘리포니아 오하이 밸리에서 피아노를 가르치고 그림을 그리며 살고 있다. *The Crying* ⓒ *Renita Dridger*

## 나짐 히크메트

1902-1963. 터키 출신의 서정시인이자 극작가. 예술가인 어머니와 시인인 할아버지 밑에서 일찍부터 문학에 눈을 떴으며 17세 때 첫 시집을 출간했다. 편집자, 신문기자, 희곡작가, 번역가로 일하며 9권의 시집을 냈다. 〈내가 사랑하고도 알지 못한 것들〉〈내일이되기 하루 전〉 등의 작품이 영어로 번역되었다. 터키 시인으로는 최초로 20세기 최고의국제적 작가 중 한 명으로 인정받았다. *The Best Journey* ⓒ *Nazim Hikmet*

## 까비르

15세기 인도의 신비주의 시인으로 세계에서 가장 위대한 시인 중 하나로 꼽힌다. 동방의예수라고 일컬어지는 까비르는 힌두교, 시크교, 무슬림에 이르기까지 중요한 영적 스승의 역할을 한다. 평생 베 짜는 직공으로 살았던 까비르는 정식 교육을 받은 적이 없고 글을 쓸 줄도 몰랐지만, 스승 라마난다 밑에서 구도에 대한 마음이 깊어졌다. 민중적이고문법에서 자유로운 그의 시와 노래는 세대를 거듭하며 널리 전해져, 훗날 타고르의 시적영감의 원천이 되었다. 1398년부터 1448년 사이에 살았을 것으로 추정되며, 그의 출생과죽음에 대해서는 수많은 이야기가 전설처럼 전해진다.

## 토머스 머튼

1915-1968. 미국의 종교 작가이자 시인, 번역가. 프랑스, 영국, 미국에서 성장했으며 캠브리지 대학과 콜롬비아 대학에서 공부했다. 1941년 트라피스트 회의 수도사가 되었고 후에 신부로 임명되었다. 동양의 선수행에 깊은 관심을 가졌으나, 가톨릭과 불교 간의 종교 회의에 참석하기 위해 태국에 머물던 중 의문의 사고사를 당했다. 〈눈 먼 사자의 눈물〉 〈낯선 섬〉 등의 시집을 냈다. 자서전 〈일곱 층의 산〉 〈아시아 여행기〉로도 유명하다.

## 바알 셈 토브

1698-1760. 본명은 이스라엘 벤 엘리제르. 하시디즘(유대교 신비주의)의 창시자로 바알 셈 토브는 '좋은 이름의 주인'이라는 뜻이다. 어릴 때 부모를 여의고, 유대인 초등학교의 학생 조교, 교회 경비원, 채석장 노동자, 여인숙 점원 등으로 일하며 생계를 꾸렸다. 기적의 치유사라는 명성과 함께 바알 셈 토브라는 이름을 얻었다. 그의 가르침의 핵심은 '인간은 종교적 의식에서뿐 아니라 일상 속에서 신을 경배하고 그의 뜻에 따라 행동해야 한다'는 것이었다. 학교 교육을 제대로 받지 못한 사람들에서부터 뛰어난 학자에 이르기까지 그의 가르침은 종교적 치유를 경험하게 했고, 수많은 추종자들을 만들어 내어 오늘날의 하시디즘 공동체로 발전했다.

## 옥타비오 빠스

1914-1998. 멕시코 시인. 진보주의 소설가인 할아버지와 혁명주의자 아버지 밑에서 자랐다. 19세 때 첫 시집을 발표하고 법대 졸업 후 파리, 일본, 미국, 인도에서 멕시코 대사로 근무했다. 학생 시위를 무력으로 진압한 정부에 불만을 품고 대사직을 사퇴한 뒤 편집자와 발행인으로 활동했다. 멕시코 원주민 신화, 동양 철학, 초현실주의 영향을 받았으며, 대표작 〈태양의 돌〉을 발표했다. 1990년 멕시코 인 최초로 노벨 문학상을 수상했다. *Piedra Del Sol* ⓒ *Octavio Pas*, 민용태 번역

## 알랭 보스께

시인, 교수, 문학 비평가. 1919년 출생한 알랭 보스께는 아동기와 청년기를 브뤼셀에서 보내고 1951년부터 파리에서의 생활을 시작했다. 소르본 대학에서 공부를 마친 뒤 프랑스와 미국의 대학들에서 불문학을 가르치고, 벨기에 불문학회와 퀘벡 문학 아카데미 등의 회원으로 활동했다. 저서로 〈부조리한 선장〉 〈세계에서 가장 아름다운 백 편의 시〉 등이 있다. 1998년 3월 파리에서 숨을 거두었다. *Corps et âme* ⓒ *Alain Bosquet*

## 호시노 도미히로

1946년 일본 출생. 군마 대학 교육학부를 졸업한 뒤 중학교 교사로 부임했다. 교사가 된 지 2개월 만에 방과 후 체육 활동을 지도하다가 사고를 당해 목 아래 전신이 마비되었다.

장애의 몸으로 붓을 입에 물고 그림을 그리고 시를 쓰며 새로운 삶을 살던 중, 장애인 센터 소장의 권유로 그림 전시회를 열게 되었다. 이때 전시회를 보고 감동한 전국 각지의 사람들로부터 큰 찬사를 받았다. 이후 시화집 〈내 꿈은 언젠가 바람이 되어〉을 발표했으며, 〈빙점〉의 작가 미우라 아야코와의 대담집 〈은빛 발자국〉을 냈다. 20년 전에 나온 〈극한의 고통이 피워 낸 생명의 꽃〉은 지금까지 140만 부가 판매되었다. 日日草ⓒ星野富弘

## 체로키 족
북아메리카 남동부, 애팔래치아 산맥 남부에 거주하는 인디언 부족으로 여러 차례의 전투와 부당한 조약들로 인해 백인들에게 세력과 소유지를 빼앗겼다. 백인의 농사짓는 법, 직조 기술, 집 짓는 법을 받아들이는 등 백인 문화를 수용했으며, 세쿼이어라는 혼혈 추장이 음절문자를 만들어 북아메리카에서 유일하게 문자를 가진 인디언이었지만, 백인 개척자들의 토지에 대한 욕심을 막을 수는 없었다. 19세기 말 백인들은 스스로 조약을 깨고 체로키 족을 오클라호마의 보호 구역으로 강제 이주시켰다. 이주 과정에서 부족민들 대다수가 굶주림과 추위로 사망했으며, 그 길을 아직까지도 〈눈물의 길〉이라 부른다.

## 류시화
이 시집의 엮은이로, 경희대학교 국문학과를 졸업하고 1980년 한국일보 신춘문예를 통해 등단했다. 〈시운동〉 동인으로 활동했으며, 10년 가까이 작품 활동을 중단하고 인도, 네팔, 티베트를 여행하는 한편 명상에 관련된 책들을 번역 소개했다. 미국, 인도, 한국을 오가며 생활하고 있다. 시집으로 〈그대가 곁에 있어도 나는 그대가 그립다〉 〈외눈박이 물고기의 사랑〉과 잠언시집 〈지금 알고 있는 걸 그때도 알았더라면〉 여행기 〈하늘 호수로 떠난 여행〉 〈지구별 여행자〉가 있다. www.shivaryu.co.kr

＊

사랑하라
한번도 상처받지 않은 것처럼

1판    1쇄 발행  2005년  3월 15일
1판 325쇄 발행  2024년 10월  7일

엮은이  류시화
펴낸이  정중모
펴낸곳  오래된미래
등록  1980년 5월 19일(제 406 – 2000 – 000204호)
주소  경기도 파주시 회동길 152
전화  031 – 955 – 0700
팩스  031 – 955 – 0661
홈페이지  www.yolimwon.com  |  이메일  editor@yolimwon.com
페이스북  /yolimwon  |  트위터  @yolimwon  |  인스타그램  @yolimwon

• '오래된미래'는 도서출판 열림원의 자회사입니다.

ISBN 978 – 89 – 955014 – 7 – 4  03810
* 책값은 뒤표지에 있습니다.